CÉSAR MORGIEWICZ

MON PAUVRE LAPIN

roman

nrf

GALLIMARD

Mes projets de carrière sont tombés à l'eau, vous savez. Les gens m'avaient pourtant prévenu.

C'était il y a quelques mois, j'étais encore à Sciences Po. Je venais de rater le concours de l'ENA mais comme si je n'avais pas eu ma dose je m'étais réinscrit en prépa pour un an de plus. Je fais souvent des choix stupides. « Personne n'a le concours du premier coup, ce sera pour l'année prochaine »... J'ai tenu une semaine.

Un soir on était dans l'amphi les uns sur les autres. C'était un de ces cours sordides qui se terminaient à vingt et une heures. J'avais horriblement faim, ma vie était nulle, je n'en pouvais plus d'être avec tous ces humains... Comment est-ce qu'ils faisaient pour être concentrés, alors que l'heure du dîner était passée ? J'espérais que mon ventre n'allait pas se mettre à gargouiller. Affalé sur son fauteuil le professeur Gottlieb nous expliquait *comment se démarquer le jour du grand oral.* Tous prenaient des notes frénétiquement. Aucun ne semblait douter de sa capacité à se démarquer le jour du grand oral. Pour ma part je n'écoutais pas car je transpirais dramatiquement du dos et je ne pouvais penser à rien d'autre. D'ordinaire je me mettais au dernier rang, pour transpirer en paix, mais cette fois je n'avais pas eu le temps. Il y avait au moins dix rangées derrière moi, c'était l'enfer.

Pendant ce temps le professeur Gottlieb continuait à nous encourager. Il répétait *que seuls les candidats les plus solides pouvaient prétendre réussir l'ENA*. Je regardais autour de moi, personne ne réagissait. Que des candidats solides. Il insistait : « N'oubliez jamais que le jury cherche à éliminer ceux qui ne savent pas gérer leur stress. » Autant dire clairement qu'on ne voulait pas de moi, pourquoi de si cruels critères ? Je me demandais comment j'allais faire pour devenir un autre homme en quelques mois.

À un moment je me suis mis à avoir un peu mal dans le bras gauche. C'était comme une crampe, ou un engourdissement. Qu'est-ce que c'est encore, qu'est-ce que j'ai au bras, je me suis demandé. J'ai un peu gigoté et changé de position, mais ça ne partait pas. Je ne pensais plus à ma sueur à présent, il n'y avait plus que mon bras. Il était de plus en plus lourd et bizarre. J'ai tout de suite compris que j'avais quelque chose de grave. Cependant au début j'ai voulu lutter, j'ai rallumé mon ordi. Si ça continuait je n'allais jamais pouvoir me démarquer le jour du grand oral... J'ai même essayé de prendre des notes. « Ayez en tête que vous êtes face à un jury de hauts fonctionnaires. Vous devez leur prouver que vous êtes capable de mener une réunion ministérielle. » J'écrivais sans rien comprendre. La sensation dans le bras augmentait, c'était comme s'il venait seulement de devenir vivant et que je le sentais pour la première fois. Moi je voulais juste le faire taire et à nouveau l'oublier, mais bientôt il y a eu l'autre bras. Puis une oppression dans la poitrine. Et alors j'ai compris : j'étais en train de mourir. *La douleur dans le bras gauche, c'est la crise cardiaque...* Les vertiges sont vite arrivés. Je ne pouvais plus respirer. Un instant j'avais l'impression que mon cœur s'arrêtait et la seconde d'après il fracassait ma poitrine, j'en étais électrisé d'angoisse. Bien sûr j'avais peur de mourir. Mais aussi j'avais *honte de mourir.* Affreusement honte de mourir là, devant eux. Et je me demande, de la peur de mourir ou de la honte de mourir, laquelle était la plus forte.

Finalement après un quart d'heure entre la vie et la mort j'ai eu un élan de panique et je me suis levé. Mon siège a grincé, j'ai dû déranger trois personnes pour passer. Cette ordure de Gottlieb s'est même interrompu un instant. Cette fois-ci c'était gagné, tout l'amphi m'a regardé. Je priais pour que la mort me laisse deux secondes afin que je m'éteigne dehors et pas là, au milieu de la rangée. Je me suis précipité vers la sortie. « Oui, donc je disais, le plus important c'est de toujours recontextualiser... » Et la porte s'est refermée.

Comme je n'avais tout de même pas le cran d'aller aux urgences, j'ai opté pour la pharmacie de garde. La plus proche était au Luxembourg. J'étais encore jeune quand j'ai appris toutes les pharmacies de garde. Il y avait quelques personnes qui lisaient des revues dans le hall de Sciences Po, je suis passé en courant comme si j'étais poursuivi. Mon cœur continuait à taper dans ma poitrine. Je ne savais pas s'il allait tenir longtemps. Dehors il faisait nuit, il pleuvait. J'ai couru jusqu'au boulevard et attrapé un taxi. Oui, c'est qu'en plus de tout ça coûte cher, la folie... C'était le budget d'au moins trois ou quatre boîtes de thon, ce taxi, j'allais encore devoir réclamer un billet à ma grand-mère. Moi qui avais résolu pour la nouvelle année de ne plus vivre à ses crochets... Bref, inutile de dire que le chauffeur m'a pris pour un illuminé. J'ai à peine réussi à lui articuler l'adresse. Les beaux immeubles du boulevard défilaient mais je ne voyais rien, je sentais seulement mon cœur battre. Pourquoi mourir si jeune, vingt-trois ans... Le taxi m'a laissé. La banquette arrière était inondée de sueur, le client suivant a dû apprécier. Et enfin, mourant mais néanmoins timide, je suis entré dans la pharmacie.

« Vous désirez ? » m'a lancé un gros bonhomme de mauvaise humeur.

J'étais tout rouge. Des gens attendaient. Je me suis mis à bafouiller, en montrant ma poitrine :

« Euh voilà, en fait j'ai des douleurs là, et je me demandais si c'était normal ou pas... parce que j'avais peur que... enfin je me suis dit que peut-être c'était une crise cardiaque...

— Je ne peux rien faire pour vous, jeune homme, je ne suis pas médecin », m'a sèchement répondu le pharmacien.

Je n'en revenais pas. On n'allait quand même pas me laisser mourir comme ça, en plein Paris ! La dame derrière moi s'impatientait. J'ai retenté :

« Non mais je voulais juste savoir si je devais m'inquiéter, parce que j'ai un peu mal et... »

Mais le monstre a été sans pitié :

« Écoutez, si vous ne vous sentez pas bien prenez un taxi et allez à Cochin. »

J'ai baissé la tête et je suis parti. Dehors je suis resté longtemps à errer sous la pluie, je ne savais plus quoi faire. Mon agonie commençait à être longue. Je pense avoir traversé le boulevard Saint-Michel une bonne dizaine de fois. Tout à coup je décidais que je n'avais pas de crise cardiaque, c'était absurde, et alors courageusement je partais vers chez moi. Mais à peine j'avais fait quelques pas de l'autre côté que je m'arrêtais, horrifié : *et si au fond j'en avais vraiment une ?* Et si j'étais en train de tourner le dos à mes dernières chances de survie ? Après tout, l'hôpital était juste là... Alors je retraversais le boulevard, je marchais vers les taxis. Et soudain je m'arrêtais de nouveau : quoi, j'allais arriver aux urgences et dire *bonjour, j'ai un peu mal au bras* ? Impossible, j'allais être la risée de l'hôpital... La pluie redoublait. Je me cachais derrière un panneau pour que le pharmacien ne voie pas que j'étais encore là. À Sciences Po le cours était sûrement terminé. Les autres rentraient chez eux calmement, contents d'avoir appris comment se démarquer. Et moi j'étais toujours là, sur le trottoir, seul au monde avec mon angoisse. À chaque inspiration mon cœur s'emballait comme s'il allait exploser. J'étais trempé. Au bout du compte c'est grâce à la honte que je m'en suis sorti. Comme les passants me regardaient de plus en plus avec inquiétude, j'ai fini par me sentir vraiment ridicule. J'ai respiré un grand coup, et une dernière fois j'ai retraversé le boulevard pour rentrer chez moi, dans la nuit mouillée. J'étais toujours plus ou moins sûr d'avoir une crise cardiaque mais à présent je réussissais à me dire *au pire je meurs, et puis voilà.*

Cette nuit-là j'ai dormi treize heures. C'est fatigant, un infarctus. Le matin à Sciences Po j'avais un cours de russe. J'ai fait un peu semblant d'hésiter mais je savais que je n'avais pas le courage d'y aller. Trop peur de refaire une crise cardiaque... Je suis resté comme ça plusieurs semaines, angoissé, épuisé, ne comprenant pas ce qui m'arrivait. Je suis même allé voir un cardiologue. Ça a été un grand moment, il m'a renvoyé chez moi avec de la tisane de passiflore. J'en ai bu beaucoup. Certains matins je tentais de me secouer, je faisais mon sac pour aller au cours de Gottlieb. Mais au dernier moment je renonçais. Après cette absence bizarre, qu'allaient dire les autres ? Je me refaisais une tisane. C'est là que peu à peu, j'ai décidé de me consacrer entièrement à vous. Il m'a fallu plusieurs mois pour m'y atteler, bien sûr, j'avais peur. Je suis venu ici pour ça. Je ne sais pas si les tropiques sont le meilleur endroit pour se mettre au boulot... On va bien voir.

Enfin voilà, c'est comme ça que j'ai failli être haut fonctionnaire. Ils ne m'ont plus jamais revu, rue Saint-Guillaume. J'ai tout abandonné. Je n'ai plus jamais répondu à rien. Tant mieux pour le pays, d'ailleurs. Vous m'imaginez, à la tête de l'administration...

Alors évidemment, maintenant je fais moins le malin. Je ne risque plus d'être à la tête de rien. Ça m'apprendra. Moi qui ai tant rêvé d'une vie cadrée, je me retrouve à la dérive, sans rien de ce qui remplit l'emploi du temps des gens. Ni travail, ni amours, ni projets... Je n'ai plus que vous. Et ma grand-mère, bien sûr.

Depuis que je suis arrivé chez elle à Key West on est en tête à tête. Ça fait trois semaines. « On est un petit couple », elle répète à ses copines. Par moments ça me gêne un peu d'être en couple avec ma grand-mère alors que je n'ai jamais été en couple avec personne, mais bon, je pense à autre chose. « T'as de la chance d'avoir un petit-fils comme ça », disent ses copines en me regardant avec appétit.

En tout cas je suis bloqué ici, maintenant. Et pas près de repartir. Personne ne sait combien de temps ça va durer, cette histoire. Il faut vite que je me mette au travail mais je ne sais pas par où commencer. Je passe des journées entières à mon bureau à me faire des tournicotis dans les cheveux, en attendant que la première phrase apparaisse devant moi. Pour être franc ça commence à me faire craquer, de m'arracher les cheveux... Ce qui m'exaspère c'est que je me les arrache malgré moi. Je pense à je ne sais quoi, je suis complètement absent, et quand je reviens à moi je me rends compte que je me suis tournicoté toute une mèche et qu'il n'y a pas moyen de revenir en arrière, tellement le nœud est serré. Alors je suis obligé d'arracher la mèche. C'est usant. J'ai l'impression d'être un animal.

Bien sûr à chaque mèche que je m'arrache je regrette un peu plus de m'être enfui. Certes je n'aurais jamais eu l'ENA, je vous l'accorde. Mais au bout du troisième coup j'aurais sans doute pu décrocher un petit concours de seconde zone, les affaires maritimes ou n'importe quoi. « Les affaires maritimes c'est le concours pour ceux qui ont raté trois fois l'ENA », comme ils disaient à Sciences Po. Moi franchement ça m'aurait convenu. J'aurais vécu avec les jolis matelots, j'aurais vu de belles choses. Mais bon, maintenant que je me suis échappé, je ne vais pas revenir toquer à la porte. Et puis si c'est pour que mes crises cardiaques recommencent... Déjà qu'ici, c'est limite. L'autre jour par exemple j'ai découvert que j'avais une veine sur le ventre. Ça m'a fait craindre le pire, pendant des heures j'ai regardé des photos de ventres sur internet pour vérifier qu'ils avaient une veine au même endroit. Je trouvais que la mienne ressortait trop, je devais avoir un cancer. Un cancer de plus.

J'ai donc plutôt intérêt à m'accrocher à vous. Ça vaut mieux. Je voudrais trouver un début pour qu'on puisse enfin commencer. Au moins, ce qui est bien, c'est que toute ma famille m'encourage. « Tu penses que tu vas écrire encore longtemps ? » me demandent mes tantes au téléphone. Ma grand-mère aussi me motive à fond. Encore ce matin, elle passait devant mon bureau pour aller à la piscine. C'est ce qu'elle appelle sa promenade du jour, ça fait vingt mètres depuis la table du petit-déj. En me voyant nerveux et penché sur mon cahier elle m'a lancé : « Tu vois bien que c'est pas fait pour toi, l'écriture ! »

Ça m'a redonné confiance. Elle a continué sa route vers la piscine, la tête haute. À chacun de ses pas je voyais sa fesse énorme dépasser un peu plus de sa serviette. J'ai détourné le regard. Nous sommes en couple, certes, mais chacun a droit à son intimité.

*

Bref, peut-être en attendant que ça vienne je pourrais vous expliquer ce qui s'est passé ? Ce que j'ai fait avant de venir ici, par exemple.

Après mon évasion de Sciences Po il y a eu une période assez pénible. J'avais des maladies graves tout le temps, et puis je ne savais pas quoi faire de ma peau. Je disais que je voulais écrire mais je n'arrivais pas à m'y mettre. Les autres travaillaient à la préfecture ou dans les ministères, et moi pendant ce temps entre deux embolies pulmonaires je lisais *Tintin* pour me calmer. Mille fois j'ai frôlé la mort.

Parfois quand ils avaient le temps mes anciens camarades de Sciences Po me proposaient un verre. Je m'y préparais bien à l'avance, c'était le temps fort de ma semaine. Ils arrivaient en sortant du boulot, tout pleins de vie, ils me parlaient de leurs réunions et de leurs collègues. Moi, mon seul collègue était ma cafetière. À chaque fois après les avoir vus je renonçais à l'écriture et je me promettais de passer le prochain concours, n'importe lequel. C'était leur avis aussi. « Ça te ferait du bien... Tu peux pas rester enfermé comme ça, il faut que tu voies des gens. »

Moi je ne demandais que ça, de voir des gens. Toutes les nuits je rêvais que j'étais avec plein de gens. Mais ça, c'était la nuit. La journée le plus souvent je ne voyais personne. Je restais à mon bureau. Mon téléphone à côté de moi, volume sonore au maximum, je priais pour recevoir des messages. Je ne recevais jamais rien. J'en avais des hallucinations. Par moments je m'arrêtais, croyant avoir entendu quelque chose. J'hésitais. En général sachant que la déception serait violente je m'empêchais de vérifier. Il arrivait même que je redémarre mon téléphone, peut-être il y avait eu un problème. *C'est pas croyable qu'en autant d'heures personne n'ait pensé à moi...* Il n'y avait pas de problème. Et alors, quand après avoir attendu toute la journée en vain des messages de gens de mon âge, le soir finalement j'en recevais un de ma mère, ça me foutait la haine. Avec ses chatons, ses lionceaux, tous ses petits cœurs... J'avais envie de balancer mon téléphone contre le mur. Au lieu de lui être reconnaissant de penser à moi, je lui en voulais d'être la seule à le faire.

Alors je me remettais à mon bureau tristement. Je me demandais si j'allais vivre toute ma vie comme ça. Parfois ceux qui me reprochaient de rester enfermé chez moi me disaient : « Ouais, j'étais à cette soirée, c'était trop bien ! » Et je n'osais pas leur demander pourquoi ils ne m'avaient pas invité, parce que j'avais honte d'avoir été oublié.

Au bout d'un moment il a quand même fallu que je me secoue. Ma mère et mes tantes me harcelaient avec leur principe de réalité. « Mais enfin mon chou il y a un principe de réalité, tu ne peux pas faire qu'écrire... Il faut que t'aies un travail. » C'était à l'époque où elles manœuvraient pour se faire offrir un 4 × 4 par ma grand-mère. C'est là toute la puissance du principe de réalité, c'est qu'il ne s'applique qu'à moi. « Tu devrais plutôt t'inscrire au barreau, me répétait ma tante Audrey. Comme ça tu pourrais nous aider avec nos histoires d'impôts. »

Il n'y avait pas que mes tantes. Jusque dans mon immeuble j'étais poursuivi. Ma hantise était de tomber sur Mme Gibou, la voisine du cinquième. « Alors César, vous avez trouvé un travail ? » À chaque fois c'était la même chose. Je bafouillais « euh oui madame Gibou, enfin je cherche », et je tentais de m'échapper. D'ailleurs elle n'avait pas besoin de me croiser pour parler de moi. Je l'ai déjà entendue comploter avec Mme Bassano, celle du troisième, une fois où j'étais caché dans le local à poubelles. « Vous vous rendez compte, lui qui était à

Sciences Po Paris... Et sa famille qui le laisse faire... C'est honteux... » Ou alors c'était au moment de sortir de chez moi. Quand je les entendais discuter comme ça à voix basse dans l'escalier je m'asseyais sans bruit devant ma porte, tout en haut. J'attendais qu'elles se barrent pour descendre. Si j'avais eu des rendez-vous je serais souvent arrivé en retard à cause de ça.

Mais je vous parlais de mes petits boulots. J'ai fini par craquer. Un jour mes tantes m'ont convié à un goûter et pour la centième fois la bouche pleine de gâteau elles m'ont rappelé *que le plus important c'était de gagner sa vie.* « Il y a un principe de réalité, César. » Je ne me suis pas révolté, je me révolte toujours une fois que je suis rentré chez moi. Mais le soir même j'ai décidé de faire un petit boulot, pour avoir la paix. Sauf que, voilà... Ça n'a pas été très brillant. Mon plan était de chercher loin de Sciences Po. Dans des domaines nouveaux, des choses plus à ma portée. Plus tranquilles. J'ai fini par trouver le poste idéal : il s'agissait de compter les passagers qui montaient et descendaient à chaque station à bord des trains Paris-Cherbourg, pendant un mois. Moi ça me plaisait beaucoup, c'était parfaitement inutile. Mais mes tantes étaient déçues. « C'était bien la peine de faire Sciences Po », elles disaient. De toute manière on ne m'a pas pris. Peut-être a-t-on estimé que je n'avais pas le niveau en calcul mental. Je ne sais pas ce qui s'est passé. En tout cas, après cet échec, j'ai décidé de partir à Key West dans l'espoir de me mettre à écrire pour de bon. Puisque le monde du travail me rejetait. « Mais oui, viens un peu au soleil, on va se consoler tous les deux », m'a dit ma grand-mère. Elle, elle était déjà ici depuis plusieurs mois. Elle hiberne la moitié de l'année à Key West. Le reste du temps à Paris on habite dans le même immeuble, elle au deuxième et moi sous les toits. Vous voyez, on ne se quitte pas beaucoup. La fidélité...

Avant de partir j'ai quand même hésité. Ça me gênait de m'envoler pour les tropiques alors que c'était la fin des vacances de février et qu'à Paris la vie normale recommençait. J'avais l'image du professeur Gottlieb qui revenait sans cesse. Enfin j'avoue que ce qui me gênait surtout c'était de risquer si bêtement ma peau au-dessus de l'Atlantique... Comme si on n'avait pas assez d'occasions de mourir comme ça. Je me dis toujours qu'il faut vraiment être idiot pour monter en connaissance de cause dans quelque chose qui peut très possiblement tomber. Malgré tout, je me suis décidé. J'ai annoncé à toute la famille que je partais deux ou trois semaines à Key West pour me mettre au travail. « Ça va, c'est pas trop dur, la vie ? » m'ont demandé mes tantes qui revenaient d'un stage de yoga en Sardaigne.

Quelques personnes à l'aéroport portaient des masques. On les montrait du doigt en riant. On commençait de plus en plus à parler de ce virus qui tuait des gens ici ou là, mais on y faisait allusion comme à une bonne blague. Pour ma part j'y pensais à peine. J'étais suffisamment occupé avec mes cancers, je n'avais pas besoin de lui. Après avoir vadrouillé un certain temps dans l'aéroport et être allé vérifier par la vitre que mon avion était en état de voler, je suis allé me prendre un café. Malheureusement là dans le terminal la pire chose possible est arrivée : j'ai croisé des gens. Pas de chance, quand même. Deux mecs de Sciences Po. Je me suis dit *mais c'est pas possible !* Un que je ne connais pas trop et un autre qui s'appelle Augustin et que je connais un peu parce qu'on était en Russie ensemble, je vous parlerai de ça plus tard. D'abord en les voyant j'ai essayé de me cacher. Croiser des gens que je connais est un de mes cauchemars. Je me sens toujours incongru face aux gens que je croise, incongru et surpris dans ma vie réelle et révélatrice et piteuse. J'ai foncé derrière une machine à café. Ils m'ont vu avant. J'ai dû m'approcher, on a tous les trois basculé en mode hypocrite pour faire la conversation, comme le veut l'usage. Ils m'ont dit qu'ils partaient à Washington faire un stage.

« Et toi alors, tu vas où comme ça ?

— Moi je vais en Floride...

— Ah trop bien, t'y vas avec des potes ?

— Euh non j'y vais tout seul, je vais chez ma grand-mère...

— Ah ouais, trop sympa », ils m'ont répondu, un peu horrifiés.

J'ai réussi à me dégager en disant que mon vol partait. « Bon bah profite bien de ta grand-mère », ils m'ont lancé. Ensuite pendant un instant je me suis dit que mon plus grand rêve serait de partir moi aussi à Washington faire un stage. Ce qui est drôle surtout c'est qu'ils avaient *L'Équipe* avec eux. Comme ils l'avaient déjà lu ils m'ont demandé si je le voulais ou *si je l'avais déjà acheté.* J'ai attendu une seconde pour voir si c'était une blague, mais visiblement non. Eh bien j'ai honte, mais j'ai répondu « ah non je l'ai pas encore acheté ». Et je l'ai pris. Vous vous rendez compte, j'en suis toujours là à vingt-trois ans… Ça m'a rappelé quand j'étais au lycée et que je me forçais à le lire, vu que c'était le seul journal auquel un mec pouvait s'intéresser. Dortmund, Atlético et toutes ces saloperies… Je ne comprenais rien mais j'apprenais par cœur. 3-0, 2-1, 1-1. Ce qui est incroyable c'est que ça ne s'arrête jamais. Il y a toujours quelque chose : *ce soir Bordeaux reçoit Dijon*, ou autre événement historique… On ne peut pas se relâcher. Souvent je me demande si toute ma vie Bordeaux va recevoir Dijon. Cependant au lycée toutes mes chances d'insertion sociale dépendaient de ces conneries, donc je m'obligeais, je révisais. Je me faisais des fiches pour connaître au moins les joueurs de l'équipe de France. Mais parfois je comprenais que les autres, les mecs normaux, connaissaient jusqu'aux noms des entraîneurs *et des arbitres*… Et ça, ça me foutait par terre, je me disais qu'il valait mieux jeter l'éponge et que jamais je n'arriverais à rien.

Dès que j'ai été hors de vue j'ai mis *L'Équipe* à la poubelle. Je suis passé ensuite devant une sorte de café bio aux murs verts. Ça m'a rappelé ma mère. Je me suis dit que je ferais bien de lui écrire que mon vol était à l'heure, la pauvre, ça faisait au moins vingt minutes qu'elle n'avait plus de nouvelles de moi. Je remplis mon devoir filial avec lassitude. L'espoir que j'ai c'est que d'ici vingt ou trente ans je n'aurai plus à lui dire que j'ai récupéré ma valise, par exemple. Une fois dans l'avion je lui ai envoyé l'autre message indispensable : « On part ! » Sans ça j'ai toujours eu peur qu'elle réussisse à joindre le contrôle aérien, ou à faire d'autres choses qui me mettraient en mauvaise posture. Elle m'a répondu instantanément :

« Ah je suis rassurée ! Bon voyage mon chou bidou !! »

J'ai aussi prévenu mes tantes. Et enfin j'ai éteint mon téléphone, ravi de ces dix heures de liberté. J'espère que la téléphonie satellite ne va pas se démocratiser.

À l'aéroport de Key West, ma grand-mère n'était pas là. C'est toujours risqué d'arriver à l'heure de l'apéro. Je lui ai téléphoné. Elle était à la maison avec ses copines. « Ah oui mon pauvre lapin ! On buvait un verre, figure-toi... Tu sais comment c'est, on parle, on parle, et puis on oublie ! J'arrive ! »

En principe la maison n'est qu'à dix minutes de l'aéroport, mais bon, à Key West il faut être tolérant niveau lenteur. Tout est très lent. Je n'ai donc fait aucune remarque quand je l'ai vue surgir au bout de trois quarts d'heure, sous son chapeau de paille, dans la décapotable. Ce n'était pas l'arrivée la plus discrète. Avec ses lunettes de soleil alligator et ses seins énormes... Il n'y avait plus personne mais j'étais quand même gêné. Je regardais mes pieds. Comme quand dans mon enfance on marchait rue du Bac et que les gens étaient obligés de descendre parce qu'elle occupait toute la largeur du trottoir en marmonnant : « Qu'est-ce qu'il peut y avoir comme monde, dans cette rue du Bac ! » Soudain il y a eu deux coups de klaxon. J'ai sursauté. C'était ma grand-mère, bien sûr. Une famille de poules se reposait sur la chaussée. Elle les regardait par-dessus le volant avec indignation. Je me suis dit *mais putain elle peut pas arrêter de me faire remarquer ?* Personne ne fait ça, à Key West, vous comprenez. On ne klaxonne pas les poules... Les gens attendent. C'est comme les vaches sacrées. Dans une grande confusion les poules se sont écartées, choquées, et ma grand-mère est venue se garer devant moi, juste à l'endroit où il y avait écrit « Police ». Je lui ai crié : « Mais non, tu vois pas que c'est interdit ici ! » Elle ne m'a pas écouté, elle a marmonné je ne sais quoi. Et en poussant un énorme « oh, hisse » elle s'est extirpée de la voiture.

J'ai pris le volant. Les plages le long de l'aéroport étaient bondées. C'est le *spring break*, en ce moment. J'ai accéléré, vite m'éloigner des gens de mon âge. J'essaie d'oublier qu'ils existent sinon ça me rappelle trop que je suis seul. Pendant qu'on roulait je riais intérieurement de la soirée qui moi, m'attendait – j'aurais pu rire extérieurement, cela dit, ma grand-mère étant complètement sourde. Au lieu de jouer au beach-volley avec les jolies filles j'allais une fois de plus être l'attraction du club des veuves... Gretchen, Sharon, et compagnie. À chaque fois que je viens il y en a une de moins. Quitte à être dans un club, ce serait quand même mieux que je sois dans celui des mecs de la plage. En conduisant je les regardais. J'étais hypnotisé, j'ai même dû donner un coup de volant parce que je regardais trop à gauche. C'est toujours pareil, à la fois ils m'attiraient et j'avais envie de leur ressembler. Ça m'a rendu sombre. Je me suis dit que je ne m'en sortirais jamais à ce niveau-là et que de toute façon ça commençait mal vu qu'à Key West mes plus jeunes amis avaient soixante-quinze ans. Mais heureusement ma grand-mère s'est mise à me raconter comment Sharon avait perdu puis retrouvé son chat, et j'ai pensé à autre chose.

À la maison les veuves m'ont accueilli en grande pompe. Depuis la dernière fois certaines s'étaient fait blanchir les dents. Elles étaient toutes trop maquillées, comme d'habitude. Et puis des bijoux, toute une quantité de bijoux...

Surtout Sharon qui s'était habillée n'importe comment, avec des paillettes, croyant sans doute être chic. Elle ne le savait pas mais elle avait une tache de crevette sur sa robe. Ça m'a fait une sensation d'éternel recommencement. D'un coup d'œil j'ai constaté qu'il n'y avait presque plus de crevettes et qu'il y avait déjà deux bouteilles vides par terre. Il était sept heures. Les veuves me souriaient.

Comme il fallait bien dire quelque chose, j'ai déclaré que le voyage aller était toujours moins fatigant que le retour. « *You're so right, my dear* », elles se sont exclamées. Ensuite il y a eu une surenchère de compliments sur la largeur de mes épaules, elles ne devaient pas avoir leurs bonnes paires de lunettes. J'ai dit « merci, merci ». Au bout d'un moment j'ai eu l'impression qu'elles fixaient toutes ma braguette donc je me suis assis. Parfois ça me décourage que les seules personnes à qui je plaise soient les femmes du quatrième âge. « *Hi sweetie, you look wonderful* », m'a dit Gretchen en me faisant un gros bisou sur le front.

C'est comme ça que je suis arrivé ici. Les premiers jours j'ai végété à la maison. Les veuves étaient là tous les soirs. Pour être beau je me faisais bronzer tout nu l'après-midi sur la terrasse de ma chambre, mais ça ne faisait que me rappeler que personne ne me voit jamais tout nu. La vanité de mon existence m'apparaissait donc dans toute sa force. Je tournais en rond. Surtout je ne savais pas comment commencer à écrire. « Profite un peu du *spring break* », me disaient mes tantes au téléphone. « Il doit y avoir plein de jolies filles dans les bars ! Lance-toi ! » Je disais « ouais ouais, je vais voir », et je restais à la maison pour mater le mec qui s'occupe de la piscine. Au début j'ai quand même essayé d'aller à la plage. Mais ce n'était pas très agréable, d'abord j'étais seul sur ma serviette alors que tout le monde était en groupe et j'avais l'impression qu'ils me regardaient tous. Et puis surtout il y avait les requins. Dès que j'allais dans l'eau des requins imaginaires m'attaquaient de toutes parts, c'était effrayant. Finalement je m'en suis tenu à la piscine. L'eau était plus calme. Ça m'évitait aussi de me balader dans la ville avec mon nez tout blanc, ce qui n'était pas plus mal. Mon nez est un panneau solaire, il est très efficace, je suis obligé de l'enduire d'écran total... Je restais donc à bronzer sur ma terrasse, nu avec mon nez blanc. Je réfléchissais à ma première phrase. Certes, j'étais tout seul, tout seul. Au milieu de la fête, en plus. Mais ce n'était pas pire qu'à Paris. Au moins ici il y avait les copines de ma grand-mère, on était au centre d'une intense sociabilité gériatrique. Je ne mangeais pas mes pâtes au thon tout seul contre ma fenêtre.

Ensuite il y a eu un épisode pathétique, c'est là que je suis parti et revenu. Au départ je devais profiter de ma grand-mère seulement deux ou trois semaines, vous vous souvenez. J'avais prévu de rentrer à Paris et de continuer à écrire tout en faisant un petit boulot du genre de celui des trains Paris-Cherbourg, pour qu'on me foute la paix. Pendant une journée je m'étais aussi enflammé sur les langues anciennes et j'avais dit à tout le monde qu'en rentrant j'allais m'inscrire en fac de latin-grec. « Mais mon chéri ça sert à rien, le latin et le grec », m'avait dit ma mère, un peu inquiète. En tout cas, la veille de mon départ, c'était le 11 mars, on a organisé un dîner d'adieu. Toutes les veuves étaient là. J'avais proposé à ma grand-mère d'inviter aussi son ami Tom Olson parce que ça me rassure sur moi-même de ne pas toujours être seul au milieu des femmes, mais elle m'avait dit « oh non, c'est la barbe... je préfère qu'on reste entre nous ».

Les veuves étaient tristes. Mon départ était un arrachement, elles me répétaient ça. L'émotion ne les a pas empêchées d'engloutir toute la cargaison de crevettes. D'ailleurs je me suis félicité que mes tantes ne puissent pas voir le ticket de caisse, on en aurait entendu parler pendant dix ans... Une de leurs craintes est que ma grand-mère soit en train de tout dépenser en crevettes et choses de ce genre. À un moment d'hilarité générale, Gretchen s'est rapprochée de moi. « Ce serait bien que tu viennes me voir à New York cet été, elle m'a chuchoté en me tapotant la cuisse. On irait à l'opéra tous les soirs. » J'ai réussi à me dégager en disant que les bouteilles étaient vides.

Vers la fin de la soirée il y a eu un coup de théâtre, le président Trump a annoncé la fermeture des frontières à cause du virus, dès le lendemain. « De toute façon on va tous y passer », a marmonné ma grand-mère. J'ai pensé que j'avais intérêt à ne pas rater mon vol, si je ne voulais pas rester bloqué à Key West jusqu'à la fin des temps. Les veuves n'ont pas été trop ébranlées, elles ont ouvert une nouvelle bouteille. Certaines ont repris des crevettes pour le style. Ça ressemblait peut-être à ça, le *spring break*... À ce moment j'ai entendu mon téléphone sonner. C'était ma mère. Il devait être quatre heures du matin pour elle. C'est pas vrai, je me suis dit. Elle avait suivi le discours, la folle... Elle me suppliait de prendre le premier vol le lendemain pour ne pas être coincé. *Tu nous manques tellement,* elle écrivait, avec deux petits moutons.

Je ne veux pas vous refaire toute l'histoire mais en gros le lendemain comme prévu ma grand-mère m'a emmené à l'aéroport, ou plutôt je me suis emmené moi-même avec elle à côté, et je suis monté dans l'avion pour Miami. Je vous épargne mes sueurs froides... C'est toujours une souffrance de décoller de Key West, vous savez que la piste est très courte, et puis je me demande bien ce qu'ils foutent dans cette tour de contrôle, qui me dit qu'ils ne sont pas en train de boire des cocktails... Par miracle on est arrivés à Miami. J'avais une longue correspondance. J'ai erré dans les terminaux à la recherche d'un café convenable. Je ne peux pas dire que ça m'enchantait, de rentrer à Paris. Surtout qu'apparemment à cause du virus on allait devoir s'enfermer chez soi... Je m'imaginais déjà, avec mes poutres et ma plante verte. Mais je ne pouvais pas rester indéfiniment sous les palmiers avec les copines de ma grand-mère. Il fallait que je sois un peu dans le monde réel. Et puis après tout ça n'allait pas être si atroce, à Paris... J'allais pouvoir relire tous mes *Johan et Pirlouit,* j'allais pouvoir aussi découvrir peut-être de nouvelles marques de thon pour mes pâtes au thon ! Bien entendu ma mère m'a téléphoné. L'inverse aurait été inquiétant. Elle voulait être sûre que j'étais bien dans le bon aéroport et que je montais bien à bord du bon vol. L'heure approchait. Et subitement alors que j'attendais l'embarquement j'ai paniqué. Pourquoi je rentrais à Paris si c'était pour être enfermé, est-ce que ça me dérangeait tant que ça d'être avec les copines de ma grand-mère ? J'ai hésité encore, je faisais un pas dans un sens puis je m'arrêtais. Et à la fin je me suis retourné, j'ai repéré un panneau « Sortie », j'ai pris ma valise et je me suis mis à courir dans les couloirs. Dix minutes après j'étais dehors. « C'est malin », a répondu ma grand-mère au téléphone. Il allait bientôt faire nuit. Comme il n'y avait plus de vols pour Key West je suis allé louer une voiture. Ma mère et mes tantes m'ont envoyé des messages tragiques : « Si ça se trouve tu ne pourras jamais rentrer ! » « As-tu pensé à ta petite sœur ! » J'étais très nerveux en conduisant. Les battements de mon cœur me terrorisaient. Je les écoutais, je ne pouvais penser à rien d'autre. Je n'ai même pas profité de la nuit, de l'air chaud qui rentrait par les vitres ouvertes, de l'odeur de la mer. Je ne sais pas pour vous mais moi l'angoisse ne se place jamais sur sa véritable cause.

Enfin je me suis garé devant la maison. C'était stupide, toute une journée pour revenir au même point. Ma grand-mère était devant la porte, une crevette à la main. « Et ta valise ? » elle m'a demandé. J'ai ouvert le coffre. Ma valise n'y était pas. Je l'avais oubliée à l'aéroport. « Ah ça, comme acte manqué, c'est réussi. »

Tout ça est bien beau, mais à présent je suis coincé ici pour de bon. Je vais peut-être finir par regretter de ne pas être monté dans l'avion. « Dieu sait quand on va pouvoir repartir », répète ma grand-mère avec optimisme. Cependant je suis content parce qu'il s'est quand même passé quelque chose. Ça m'a décidé. Je crois que j'ai enfin trouvé par où commencer.

C'était ce matin, je me tournicotais les cheveux à mon bureau. Comme je n'arrivais à rien j'ai fini par aller me refaire un café. Ma grand-mère était là, en robe de chambre. J'ai baissé la tête. Quand j'arrive depuis le jardin je baisse toujours la tête parce que si je regarde droit devant moi je vois entièrement ses seins. Elle aime les robes de chambre très ouvertes sur les côtés. Mais si on le sait, c'est juste un coup à prendre. Elle était donc là, à son ordi. Elle *travaillait.* Son travail consiste à cliquer sur tout ce qu'elle croise et à l'examiner d'un air sceptique. Tout y passe. Parfois en voyant ma grand-mère très sérieuse derrière son écran je me dis *ah, elle doit être en train de lire le* Financial Times, *ne la dérangeons pas...* Mais quand je passe derrière elle en général c'est plutôt des articles du genre « les dix ponts les plus impressionnants au monde » ou bien « cette femme se fait mordre par un chien ».

Je suis entré dans le salon. En m'entendant elle a levé la tête et alors, comme toujours, ce n'est pas mon visage qu'elle a regardé approcher mais mon entrejambe. Oui, il fallait que je confie ça à quelqu'un... Par moments ça me pèse un peu. Même si je ne dis rien, évidemment. Vous imaginez si tout d'un coup je criais à ma grand-mère *bon maintenant tu arrêtes de regarder ma bite !* Ça jetterait un froid...

Ainsi tout à l'heure il y a eu comme d'habitude cet instant un peu gênant. Quand je suis arrivé à sa hauteur je me suis arrêté pour la forcer à lever les yeux. Elle m'a fait sa déclaration rituelle : « Qu'est-ce qu'il fait chaud, aujourd'hui ! » Ça voulait dire que tout était normal. J'ai répondu par le mot de passe : « Oui, j'ai l'impression qu'il fait de plus en plus chaud. »

Pendant que mon café coulait je la surveillais du coin de l'œil. Elle regardait une vidéo de chat sautant sur une planche à repasser. Au moment où le chat faisait tomber le fer à repasser elle a marmonné « oh là là, tu te rends compte », comme devant quelque chose de scandaleux. Avec tout ça mon café a débordé. Enfin je l'ai emporté et je me suis remis en marche vers mon bureau et mes pages blanches, la peur au ventre. Mais tout à coup un « *Hello* » a retenti depuis la porte. Ma grand-mère m'a chuchoté : « Non, pitié, ne me dis pas que c'est une visite ! » Je suis allé voir. Et en effet, c'était bien cette chose horrible : *la visite d'un ami.* Sans attendre, le fringant Tom Olson a poussé la porte. À Key West personne ne ferme sa porte. Ma grand-mère est contre, bien sûr, mais c'est comme ça. En quelques secondes Tom Olson était dans le salon. On était piégés.

« *Hi guys, great to see you !* » il nous a crié, avec un grand sourire. Il a fallu s'asseoir. La perspective de devoir faire la conversation est toujours pénible, en même temps ça m'arrangeait que quelque chose vienne m'éloigner de l'angoisse de mes cahiers. Tom Olson est un vieil ami. Il a l'âge de ma grand-mère. Question de rencontrer un peu des gens de mon âge ce n'était donc pas vraiment ça, quel dommage. Tom a commencé par quelques phrases sur la beauté du jardin. Ma grand-mère le regardait avec suspicion. Puis il s'est mis à parler du virus mais là elle l'a interrompu : « Oh non Tom, tu ne vas pas t'y mettre. » Il a encore essayé plusieurs choses, il a pris des nouvelles des veuves, a tenté de parler cinéma, mais tout cela a tourné court puisque ma grand-mère ne répondait que par monosyllabes. Il y a eu un silence. Enfin il m'a demandé : « Et ta mère, comment elle va ? »

Et là, d'un coup, je me suis souvenu. Ça m'a fait un choc. C'est ma tante Gladys qui m'a raconté cette histoire, il y a quelques années, un soir où elle avait trop bu. Ensuite elle s'était repentie et m'avait fait jurer de n'en parler à personne. Moi, je n'y avais plus pensé. Et là c'est revenu comme ça. Car figurez-vous que la question de Tom n'était pas du tout innocente... Voilà par où je vais attaquer. Je suis donc plutôt content qu'il soit passé, le vieux ! *Reprenons cœur à la vie*, comme a déclaré ma grand-mère au dîner hier en ouvrant sa deuxième bouteille de bourgogne. Tenez, ça me fait penser... Ce matin alors que j'étais à mon bureau elle est venue me voir, l'air un peu penaud. Je me suis demandé ce qui se passait, est-ce qu'elle avait un aveu à me faire, elle avait peut-être oublié pour la centième fois comment on faisait copier-coller. Mais non, ce n'était pas ça. Elle s'est mise devant moi et elle m'a dit : « Écoute, il faut que je te demande... Est-ce que tu trouves que je suis vraiment alcoolique ? »

1

Mon père a vingt ans de plus que ma mère. Ça partait mal. Ça a duré juste assez longtemps pour que je vienne au monde, et puis chacun est retourné vivre dans sa génération. Je me dis souvent qu'il aurait été plus simple que je sois le fils de mon père *et de ma grand-mère* : ils ont pratiquement le même âge. D'ailleurs ça a sûrement failli se faire. Encore l'autre soir, alors qu'on dînait avec les veuves, j'en ai eu la confirmation. C'était la fin de la soirée, on parlait de la médiocrité des hommes. Ces dames se plaignaient de ne jamais avoir trouvé chaussure à leur pied. Et tout d'un coup ma grand-mère s'est tournée vers moi et m'a dit : « Tu vois, *ton père,* ça c'est un homme qui aurait pu me plaire. » J'ai hoché la tête pour faire comme si je trouvais ça normal.

Toujours est-il que ce n'est pas de la mère, mais bien de la fille, que mon père a finalement écopé. Dommage. Ils sont restés un peu comme ça, on les prenait pour un père un peu jeune avec sa fille un peu grande. Mon père ne pouvait pas supporter les amis de ma mère et parfois quand elle invitait du monde, il allait passer la soirée chez mes grands-parents, il se sentait plus à l'aise avec eux. Et puis c'était le conflit permanent. À la maison ma mère se plantait devant lui avec son jus de gingembre et lui reprochait de ne pas faire assez de sport, ou alors elle s'offusquait qu'il refuse de l'accompagner visiter des galeries d'art au motif que ça n'avait aucun intérêt, ce qu'on ne peut pourtant pas totalement nier. Bref, tout indiquait qu'ils auraient dû s'en tenir là. Mais non. Au bout d'un moment, ma mère a annoncé vouloir un enfant. « Tu ne devrais pas, c'est la barbe », l'a tout de suite prévenue ma grand-mère. Mon père aussi était contre, il répétait qu'il détestait les enfants. C'est d'ailleurs ce qu'il m'a toujours répété pour que je me sente le bienvenu. « Tu sais, mon pote, moi j'ai jamais voulu d'enfants. C'est ta mère qui voulait. Si ça n'avait tenu qu'à moi... »

Malgré tout, je suis né quand même. Il y a eu quelques frictions le soir de ma naissance parce que j'ai eu la mauvaise idée de naître après l'heure du dîner. Ma grand-mère ne tenait plus en place. Dès qu'on a entendu mon petit cri elle a pris mon père par le bras et l'a emmené manger une choucroute, ce qu'une ou deux de mes tantes ont jugé indigne. Mais à part ça elles étaient en extase, mes tantes. Elles disaient que j'allais être l'homme de la famille. C'est réussi. En tout cas, comme avec moi on n'avait plus assez de place, mes grands-parents ont décidé d'offrir un appartement à ma mère. Ça a déclenché tout un scandale. Mes tantes se sont mises à protester *que ce n'était pas parce qu'elles n'avaient pas d'enfants qu'elles n'avaient pas aussi besoin d'un appartement.* Il a donc fallu en plus leur en offrir un à chacune d'elles. « Au moins comme ça on aura la paix », disait ma grand-mère à mon grand-père, pour le convaincre. Bien sûr on n'a jamais eu la paix. Ce n'était pas assez bien, mes tantes n'étaient pas comblées. Soit c'était trop loin du marché, soit le chat risquait de tomber par la fenêtre, soit on leur achetait un appartement exposé nord-est *alors qu'elles avaient toujours dit qu'elles détestaient l'exposition nord-est...* Résultat, à chaque fois qu'elles débarquaient chez nous elles criaient : « Ah bah dis donc, c'est bien exposé, ici ! »

Même s'ils avaient la tare d'être exposés nord-est, mes tantes ont donc eu à vingt ou vingt-cinq ans de jolis apparts où elles ont pu boire le thé et s'inviter les unes les autres. C'est ce qu'elles appellent leur *petit cadeau de départ.* Aucune contradiction cependant avec le fameux principe de réalité. Un jour par exemple, peu après que je me suis enfui de Sciences Po, ma tante Audrey m'a pris à l'écart et m'a expliqué :

« Tu vois mon chou, moi, *à part cet appartement que mes parents m'ont offert,* je me suis toujours débrouillée. Il y a un principe de réalité, tu sais. Il faut que tu gagnes ta vie. »

Pour son petit cadeau de départ, ma mère a choisi le onzième arrondissement. Bien sûr ma grand-mère lui a représenté à quel point c'était dangereux et l'a exhortée à ne pas trop s'éloigner de la rue du Bac, mais ma mère n'a rien voulu savoir. C'est donc dans le onzième que j'ai vécu avec mes deux parents. Après ma naissance ils ont encore tenu le coup deux ou trois ans, ce qui est honorable. Évidemment il y avait quelques tensions par-ci par-là, mais que voulez-vous, vingt ans d'écart... Je passe sur le sujet de l'allaitement. Ma mère voulait m'allaiter le plus longtemps possible. C'était son plaisir. Mon père s'énervait et lui gueulait : « Mais t'as qu'à l'allaiter jusqu'à ses dix-sept ans, tant que t'y es ! » Il y avait des scènes déchirantes, ma mère se mettait à sangloter qu'elle allait retourner chez ma grand-mère, mon père finissait par céder et jetait le biberon à la poubelle. Mais cela n'était rien en comparaison avec la véritable guerre que se livraient mes parents : celle de l'homéopathie. Mon père faisait la chasse aux tubes d'homéopathie. Ma mère en dispersait partout dans la maison. Dès qu'il avait le malheur d'éternuer elle le suivait avec des tubes en lui disant « mon chéri je t'en prie, il faut que tu prennes Alium Cepa en 9CH !! ». Il est vrai que ça prenait des proportions excessives. Comme ma mère tenait à avoir son armoire à pharmacie dans la cuisine, au plus près des besoins, elle avait peu à peu colonisé tout un pan des placards à vaisselle avec ses granules. Il y avait donc certaines casseroles qu'il fallait chercher dans la chambre d'amis. Tout cela a culminé le jour où mon père a trouvé cachée sous le canapé une valise entière d'homéopathie. Ma mère a d'abord nié, puis avoué. Des centaines et des centaines de tubes. Mon père a menacé de tout balancer par la fenêtre, mais elle a crié : « Non, ne fais pas ça ! » Elle l'a ensuite accusé d'être un monstre. Bref, vous voyez le tableau...

Moi, sinon, ça allait. J'étais très heureux parce que j'avais une voiture en plastique. Elle avait un coffre et un klaxon, en plus. Je la faisais avancer avec mes pieds. Pendant que mes parents s'engueulaient je fonçais dans les couloirs en klaxonnant. Surtout ce que j'aimais c'était de prendre des trucs au hasard, de les mettre dans mon coffre et de les trimbaler de pièce en pièce. Des livres, des fourchettes, n'importe quoi. On me laissait faire.

Malheureusement, comme il fallait s'y attendre, cette osmose a été rapidement brisée. C'est là où je voulais en venir. Je devais avoir trois ans, on est allés ma mère et moi à Key West pour les vacances. Mon père est resté à Paris à cause de son horreur de l'avion. Ce n'est pas moi qui vais me moquer. Mais cette fois, je pense qu'il a regretté.

À Key West tout se passait bien, on allait à la plage, ma grand-mère râlait, il y avait le club des veuves, qui à l'époque n'étaient pas encore veuves... Et il y avait Tom Olson. Déjà plus très jeune, le Tom. Malgré tout d'après mes tantes il était toujours séduisant. Un homme mûr, etc. Il paraît *qu'il avait même les cheveux poivre et sel.* En tout cas, il dînait à la maison tous les soirs. Ma mère était aux anges. Elle lui posait plein de questions. Ma grand-mère, elle, n'écoutait pas, et mon grand-père restait tard dans son bureau souvent sans venir manger. Autrement dit Tom avait le champ libre. Après quelques jours, arriva ce qui devait arriver. Eh oui, c'est affreux. Une femme mariée... Au domicile parental... Bien entendu l'idylle de ma mère avec Tom Olson n'a duré qu'une semaine. Les vieux, ça va deux minutes. Mais pour moi ça a suffi à tout faire basculer. Fin de la vie paisible. Entrée dans l'ère de la famille recomposée.

Quoi qu'il arrive, je sais bien, avec ces vingt ans d'écart c'était plié d'avance. Ça n'aurait jamais pu tenir. Alors Tom ou un autre... Là où ma mère a fait fort, en revanche, c'est qu'elle a réussi à tromper mon père avec un homme encore plus vieux que lui. C'est moins banal. Vous comprenez maintenant pourquoi ça m'a paru drôle, l'autre jour, quand il est venu nous rendre visite et qu'on s'est retrouvés tous les trois à parler du virus l'air de rien... Mais il y a eu mieux. Des scènes comme ça à l'époque où ma tante Gladys ne m'avait pas encore raconté l'histoire. Par exemple toute une soirée avec ma grand-mère, ma mère et Tom Olson, sans que personne juge bon de me faire un petit historique... Je vous avoue que ce qui me ferait rire, ce serait de découvrir que ma grand-mère aussi a eu une liaison avec Tom. En réalité il y a peu de chances. Elle m'a dit plusieurs fois qu'elle le trouvait *trop optimiste.*

Je vous disais donc que mes parents ont divorcé quand j'avais trois ans. Dès notre retour de Key West ma mère a appris la bonne nouvelle à mon père, et elle l'a bouté hors de l'appartement. Je ne sais pas si elle en a profité pour se remettre à m'allaiter. Sûrement un peu.

Ensuite les choses ont stagné quelque temps, mon père a erré chez d'anciennes maîtresses mais ce n'était pas durable, il fallait bien qu'il ait un endroit où je puisse venir le voir. Comme il ne pouvait rien se payer, ma grand-mère a décidé de lui acheter un appartement. Vous voyez, c'est une manie... Elle a quand même déguisé l'affaire, pour ne pas que mes tantes l'accusent de tout dilapider et lui fassent un procès. Elle leur a raconté qu'elle s'achetait un appartement pour elle, pour investir. Et aussitôt elle a dit à mon père de s'y installer. Il y est toujours. Avec ma belle-mère, désormais... Quand j'étais petit j'essayais d'expliquer aux gens *que mes parents étaient divorcés mais que j'habitais avec mon père et ma belle-mère chez la mère de ma mère...*

Ça me fait penser. Un soir à l'automne, pendant mes crises cardiaques, j'ai dîné avec mon père et ma belle-mère Ursula. Je me suis plaint tout le repas. Je disais que je n'étais qu'un incapable, que c'était la honte d'habiter encore dans le studio au-dessus de chez ma grand-mère et de dépendre d'elle en toutes choses, y compris pour m'acheter une brosse à dents. « Je suis un assisté, c'est tout. » Mon père descendait la bouteille de rouge en silence et Ursula s'agaçait et me répondait « mais non, César ». Quand pour la troisième fois j'ai répété « vous vous rendez compte, j'ai vingt-trois ans, j'habite toujours chez ma grand-mère ! », Ursula a tapé de son gros poing sur la table et s'est écriée :

« Mais enfin arrête, moi aussi j'habite chez ta grand-mère ! »

J'en suis resté frappé. Je n'avais jamais vu les choses sous cet angle.

Après le divorce de mes parents il a bien fallu me mettre à l'école. Ma mère a essayé de manœuvrer pour qu'on me fasse sauter la maternelle et qu'elle me garde avec elle. *Ça me ferait tellement plaisir.* Mon père a dit que si elle en reparlait une seule fois il irait devant le juge. Je suis donc allé à l'école. J'ai commencé à rencontrer mes congénères, mais bon, je préférais l'allaitement. Les années ont passé et je ne me faisais toujours pas d'amis. Il faut dire que je n'y mettais pas beaucoup du mien. Je ne connaissais même pas Bob l'éponge, par exemple. Mais je n'étais pas aidé : il n'y avait la télé ni chez ma mère ni chez mon père. Ma mère refusait pour faire écolo, et mon père disait que ça ne servait à rien.

Le week-end, pendant que les autres se retrouvaient pour jouer à FIFA, je travaillais. Mes tantes se trompent.

En fait, j'ai commencé à travailler assez tôt, vers sept ou huit ans. Je faisais toutes sortes de choses sérieuses, notamment des plans de villes imaginaires. Sur de grandes feuilles je dessinais des villes entières, avec les noms des rues, les écoles, les lignes de bus... Je n'en parlais à personne. À côté de mes plans il y avait aussi mes réseaux de train, mais ça c'était la partie plus obscure de mon travail. Toute mon enfance et mon adolescence j'ai créé des lignes de train. J'avais des Paris-Nice, des Paris-Berlin, dont je calculais les horaires et les trajets, sur des tableurs Excel. D'ailleurs un peu plus tard j'ai vu une fois sur la table de nuit de ma mère un bouquin intitulé *Comprendre l'autisme*, et je me suis demandé si elle avait trouvé mes horaires.

En dehors de mes parents et de ma grand-mère, les seules personnes que je voyais, c'était mes tantes. Comme maintenant, quoi. Quand elles venaient à la maison elles me criaient « viens voir ta tata » et je passais des heures assis sur leurs genoux, caressé de partout. Celle que je préférais c'était ma tante Gladys, à cause de ses grosses joues. J'aimais lui tirer les joues. Mais les autres aussi me trouvaient toutes adorable, mignon, tout ce qu'on veut. Ça ne les gênait pas que je n'aie aucun ami et que je reste enfermé à faire des plans et à apprendre des horaires de train. Elles trouvaient ça chou. Déjà en ce temps-là elles fantasmaient que j'allais devenir diplomate, architecte, *ou quelque chose dans ce domaine*, et que j'allais épouser une belle étrangère. *On a hâte, on a hâte !!*

Mes tantes, c'était donc mon quotidien. Mes tantes toutes les vacances dans le Vercors, mes tantes pour mes goûters d'anniversaire alors que les autres organisaient des trucs à Disneyland avec leurs amis, mes tantes le week-end quand j'allais chez ma grand-mère... Enfin les week-ends chez ma grand-mère c'était seulement quand elle était à Paris, car dès le mois de novembre elle partait hiberner à Key West avec mon grand-père. C'était le drame de ma vie. Je lui téléphonais tous les soirs, et parfois je lui retéléphonais en cachette. Je rêvais d'arrêter l'école, de la rejoindre, et de me marier avec elle. Un peu ce que j'ai réussi cette année.

Dès que mes grands-parents rentraient je me précipitais chez eux. Il y avait toujours une ou deux de mes tantes qui traînaient là. Elles se mettaient dans la cuisine et elles bavardaient sans interruption. C'était le paradis, je les écoutais sagement, en mangeant des rillettes. La grande animation du week-end restait toutefois *l'après-midi au Bon Marché*. On mettait une heure à y aller. Ma grand-mère et mes tantes étaient tellement passionnées par ce qu'elles se racontaient que souvent elles s'arrêtaient sur le trottoir et continuaient la conversation, immobiles. Je devais les tirer par le bras. *Bon, allez.* On n'avançait pas. J'essayais de faire bonne figure pour les passants. Ce qui nous ralentissait aussi c'était que parfois ma grand-mère apercevait quelqu'un qu'elle connaissait sur le trottoir d'en face et se tournait tout à coup contre le mur, pour éviter la rencontre. « Attends, je crois que j'ai vu Mme Gibou », elle nous chuchotait. On finissait quand même par arriver au Bon Marché. Je les suivais partout dans le magasin. Dès qu'on croisait des enfants, je rougissais. J'avais honte d'être toujours seul avec les adultes alors qu'eux étaient entre enfants, entre amis, cousins, que sais-je, tous ces trucs mystérieux que je n'avais pas. Je regardais par terre. Quelquefois mes tantes m'emmenaient même choisir leurs soutiens-gorge. D'abord elles hésitaient un peu puis elles disaient « oh ça va, c'est César ». Moi j'aimais bien, les vendeuses étaient gentilles avec moi. Le mieux c'était quand venait le tour de ma grand-mère. Pour elle il fallait aller chez *Empreinte, la marque des poitrines généreuses.* J'étais fier.

En sortant on allait prendre une glace. « Il doit avoir faim, le petit », disait ma grand-mère, mais personne n'était dupe. Mes tantes prenaient des sorbets pour se donner bonne conscience. Moi c'était poire-chocolat, toujours la même chose. Surtout pas de nouveauté. Quant à elle ma grand-mère prenait chocolat-chocolat et gare à celui qui faisait une réflexion. Ensuite on allait au square, avec nos glaces. Ma grand-mère s'insurgeait contre *ces glaces qui coulaient de partout.* Je marchais à côté d'elle, poli et peigné. Souvent elle me demandait de lui donner le bras. Un besoin de dramaturgie, plus que de soutien physique. J'acceptais. Je n'avais pas encore ce malaise que j'ai à présent lorsque ma grand-mère me tend son bras, et qui n'est pas que la lassitude de sentir son bras contre le mien, mais surtout le fait que je n'en tienne jamais d'autre.

Au square des hordes de garçons blondinets couraient dans tous les sens. Depuis mon banc je les regardais, jaloux. Ma glace était bonne mais elle ne l'était pas autant que le bonheur de faire partie d'un groupe... Dès qu'ils approchaient je tournais la tête. Je me cachais derrière ma grand-mère, ce qui par chance était plutôt facile. Et je prenais un air soucieux. Je voulais qu'ils croient que si je restais sur mon banc avec les vieilles, c'était parce que je devais réfléchir à un problème urgent. Bien entendu personne ne me regardait, j'étais l'acteur de moi-même pour moi seul. Dès qu'ils étaient passés, je me remettais à les observer. Pour rien au monde je n'aurais osé aller vers eux et comme toujours j'avais le sentiment de passer à côté de tout.

Enfin, une fois sa glace terminée, ma grand-mère était envahie de regrets. Elle marmonnait « je suis qu'une gourde », et on reprenait la rue du Bac en sens inverse.

Heureusement l'été j'allais en colo pour m'oxygéner un peu, je voyais des nouvelles têtes, je... Non, je plaisante. Je ne suis jamais allé en colo de ma vie. L'été dans le Vercors j'écoutais mes tantes parler de leurs mecs et de leurs stratégies d'épilation, quand elles ne s'épilaient pas carrément devant moi. Mon grand-père était là-haut dans son bureau mais je n'allais jamais le voir, il m'intimidait. Je restais avec elles. On avait toutes sortes d'activités. On allait acheter les ravioles, on allait faire les ragots du village chez Hélène en bas du chemin... On allait aussi à la rivière. Mes tantes se mettaient parfois seins nus devant moi, mais rien de bien méchant. Et surtout on s'occupait des loirs. Il y avait tout un système absurde d'évacuation des loirs, qui nous prenait beaucoup de temps. La maison était bourrée de loirs à en craquer. Souvent quand on était affalés sur les canapés une de mes tantes poussait un cri parce qu'un loir nous observait, assis sur une poutre. Ma grand-mère les haïssait. Elle voulait à tout prix s'en débarrasser, mais mes tantes les trouvaient trop mignons et criaient *qu'il faudrait leur passer sur le corps pour empoisonner ces pauvres bêtes !* Résultat, on installait des pièges *gentils*. Les loirs n'étaient pas blessés. Simplement, la porte se refermait derrière eux. Ils avaient même un duvet pour se reposer dans la cage, une fois qu'ils avaient mangé le morceau d'abricot. Mes tantes veillaient à ce que tout soit confortable. J'avoue que ça m'énervait un peu parce que nous on ne pouvait jamais manger d'abricots, c'était tout pour les loirs. Mais j'étais quand même très excité. « À demain mon pauvre lapin, enfin si on est encore en vie », me disait ma grand-mère en éteignant le soir. Je répondais « oui oui », et ensuite avant de dormir je pensais aux loirs, je me demandais combien il y en aurait le lendemain. Au réveil on faisait la collecte des pièges. Les loirs dormaient encore. On les mettait dans la bagnole et on allait les relâcher au bord de la route, à cinq minutes, de l'autre côté de la forêt. On faisait ça tous les jours. Bien entendu les loirs traversaient la forêt et revenaient à la maison, mais ça, personne ne le disait.

Alors bien sûr, maintenant que je vous raconte ça, vous vous dites *ah mais voilà pourquoi sa vie sexuelle est tellement au point mort, c'est parce qu'il a eu toutes ces femmes autour de lui dans son enfance, ça a dû lui faire un traumatisme...* C'est possible, écoutez, c'est possible. Ma grand-mère néanmoins n'est pas de cet avis. Encore l'autre soir, au dîner, alors que j'avais vue sur ses seins qui dépassaient un peu de sa robe de chambre, elle m'a dit, comme ça :

« Tu sais, je me disais... Pour te lancer... Peut-être c'est une femme plus âgée qu'il te faudrait. Elle pourrait t'apprendre, te rassurer... »

J'ai eu envie de rire. Enfin d'abord j'ai eu peur qu'elle me propose de m'arranger un coup avec une des veuves, et ensuite j'ai eu envie de rire.

Cependant rien de tout cela n'était irréparable. Ces petits problèmes que j'avais, le divorce, mes tantes... Même l'histoire de ma grande sœur, dont je vais vous parler bientôt, tout ça, j'aurais pu m'en sortir haut la main, si j'avais eu un physique exemplaire pour compenser. Sauf que, hélas, j'ai hérité d'un certain nombre de handicaps.

D'abord il y a mon nez, bien sûr. C'est à l'adolescence que j'ai découvert que j'avais un nez énorme. Au même moment j'ai aussi découvert qu'il était surtout énorme vu de droite. C'est pourquoi pendant longtemps j'ai tout fait pour être à la droite des gens, au lycée par exemple je passais ma vie au fond à droite. La place du fond à droite était un don du ciel car elle me permettait à la fois de cacher mon nez et ma transpiration du dos. Quand elle était prise c'était l'angoisse. Certes, les autres ne m'en parlaient jamais, de mon nez. Vous savez comment c'est, on fait semblant de vous encourager. « C'est super d'avoir un gros nez, c'est ça qui donne du charme, du chien », me disent hypocritement les gens à petit nez. Mais moi je sais à quoi m'en tenir. Au moins maintenant, avec le masque, personne ne voit mon nez. C'est déjà ça. Le problème c'est qu'il n'y a pas que le nez, la liste est longue. Je suis aussi presque aveugle d'un œil. Quand j'étais petit je me prenais toutes les portes vitrées, j'étais bourré de bosses. Vous pouvez rire, mais ça m'a coûté mes deux arcades sourcilières... Je tombais tout le temps. Non seulement on m'a donné des lunettes penchées, parce que j'avais un verre beaucoup plus épais que l'autre, mais en plus il a fallu que je porte un cache-œil. J'ai débarqué un beau jour à l'école avec cette sorte de sparadrap sur l'œil. Dans la cour j'étais une attraction, on m'appelait le cyclope. Et puis il y avait les rendez-vous médicaux... C'était du sérieux, j'étais suivi à l'hôpital Trousseau. Devant tout le monde la maîtresse disait « c'est l'heure, César, tu dois y aller ». En quittant la classe je me sentais spécifique. Mais il y avait des jours où sans doute elle me voulait du mal et où elle annonçait : « César, ton père t'attend, *c'est l'heure de ton rendez-vous médical.* » Là j'étais moins fier. Je sortais sans regarder personne. Mais bon, comme me le répétait ma grand-mère, la bonne nouvelle dans tout ça c'était que *lorsqu'il y aura la guerre,* on ne pourra pas m'envoyer au front, puisque je ne vois rien. On ne fait pas la guerre avec des lunettes penchées. C'est d'ailleurs aussi une bonne nouvelle pour la défense nationale. Bien sûr je ne faisais pas remarquer à ma grand-mère qu'elle disait *lorsqu'il y aura la guerre,* et non pas *s'il y a la guerre,* car je ne voulais pas passer pour un naïf.

Mais voilà, le nez et les yeux, à la limite, on peut encore s'y faire. Mon vrai problème, c'est ma mâchoire. J'ai la mâchoire tordue. C'est ça qui me donne cette apparence bizarre. Moi je ne peux pas m'empêcher de penser que c'est à cause de la différence d'âge de mes parents. C'est comme la consanguinité, ça doit faire des réactions pas claires. Si mes parents avaient eu le même âge, autrement dit si j'avais été le fils de mon père et de ma grand-mère, probablement je n'aurais eu qu'un seul défaut physique. Par exemple j'aurais été seulement aveugle d'un œil. Ç'aurait été suffisant. Mais non, on s'amuse à mélanger les générations, et voilà ce qui arrive. Aveugle *et* prognathe. Prognathe, oui, c'est comme ça que ça s'appelle. Ma mâchoire du bas avance. Elle avance, elle avance, et personne ne sait me dire quand elle va s'arrêter. Récemment un horrible dentiste m'a proposé de me casser entièrement la mâchoire, en ajoutant qu'il ne pouvait pas me garantir qu'une fois cassée elle ne continuerait pas à avancer. C'est désespérant. Dieu sait où elle sera dans vingt ans. Et puis j'ai peur qu'elle tire mon nez avec elle... Car tout ça est sûrement lié.

La conséquence, c'est qu'en plus des yeux il a fallu consulter pour la mâchoire aussi. À l'école ça devenait un rituel que je quitte la classe plus tôt. Des rumeurs couraient. On me dévisageait. Et c'est comme ça que j'ai atterri chez le professeur Stambouli. Ma tante Gladys l'avait déniché, je n'ai jamais su exactement où, en tout cas elle ne jurait que par lui. Dès que quelqu'un le critiquait, c'est-à-dire en gros dès que ma grand-mère marmonnait qu'il nous coûtait un bras, ma tante Gladys poussait des cris et déclarait *que c'était le meilleur orthodontiste de Paris.* Vous me permettrez d'avoir des doutes là-dessus, étant donné que ma mâchoire a encore pris un millimètre depuis la dernière fois que je l'ai mesurée. En plus il était laid, rabougri, désagréable. Et puis ça m'énervait qu'il se dise « ortho*dontiste* ». Pour moi il était évident qu'il fallait dire *orthodentiste.* Comment on pouvait se tromper comme ça ? Je rêvais de lui signaler qu'il y avait une erreur sur la plaque.

« Jeune homme, votre mandibule est trop avancée », il m'a dit la première fois que j'y suis allé. J'en suis resté sonné parce que j'ignorais que j'avais une mandibule. C'était plutôt pour moi un truc de dragons, ou quelque chose comme ça. Ensuite il a grommelé qu'il me mettait en *classe trois.* « Classe trois, mon Dieu », a murmuré ma mère, et elle l'a imploré : « Professeur, dites-moi ce que ça signifie !! »

Au fil des années, le professeur Stambouli a essayé sur moi toutes ses tortures les plus raffinées. À chaque fois il constatait que ma mandibule avait encore progressé, et il me disait : « Nous allons devoir passer à la vitesse supérieure. » Au début j'ai eu droit aux bagues. Ça allait très bien avec mon cache-œil. Dans la rue des dames se disaient à voix basse : « Tu as vu, le pauvre petit ! » C'était parce qu'à l'époque j'avais encore mon nez d'enfant, j'étais un peu mignon. Maintenant avec mon nez véritable c'est différent.

Comme on pouvait s'en douter, bagues ou pas, ma mandibule a continué d'avancer. Le vieux charlatan m'a donc donné un appareil très pénible que j'étais censé porter chez moi tout le temps – « hormis pour manger », a-t-il noblement précisé. J'ai dû m'habituer à faire mes plans de villes avec cette chose en plastique dans la bouche. La présence de l'appareil devait bloquer certaines fonctions basiques car souvent j'avais de petits filets de bave qui coulaient de ma bouche sans que je m'en rende compte, et qui tombaient sur mes plans. C'était ce qui me faisait le plus de peine. Je me retrouvais avec une grosse tache de bave au milieu d'un parc ou d'un boulevard que j'avais mis deux jours à dessiner... Pas étonnant que j'en sois rapidement venu à souhaiter la mort du professeur Stambouli.

Un peu plus tard, j'avais huit ou neuf ans, il a frappé son grand coup. Il nous a convoqués dans son bureau ma mère et moi, et il a annoncé que j'allais devoir porter la nuit *un masque de fer*. Vous vous rendez compte, en plein Paris... Une fois qu'on m'avait mis le masque de fer je ne pouvais plus parler et on ne pouvait plus m'embrasser. C'était le bisou, puis le masque. On me l'accrochait au menton et au front, et hop, on éteignait la lumière, et j'étais censé *dormir*. Je faisais des rêves où j'étais un cheval avec un truc sur le museau. Malgré tout, mes tantes disaient que je devais tenir. « Mon chou c'est ce qu'il y a de plus efficace comme traitement. » Bien entendu elles étaient toutes devenues expertes en orthodontie, entre-temps.

Cette histoire de masque de fer est devenue d'autant plus gênante à partir du moment où il y a eu d'autres gens chez moi, du type des beaux-pères et des belles-mères. Quand par exemple le soir au moment de me coucher j'avais oublié quelque chose dans le salon je n'osais plus y aller, parce que je ne voulais pas me montrer devant eux avec mon truc sur le museau... Car oui, le temps des beaux-pères et des belles-mères est vite venu. Je voulais vous en parler plus tard mais puisque nous y sommes je vous en dis un mot.

À cette époque chez mon père j'ai commencé à voir défiler toute une série de belles-mères qui restaient une semaine, un mois tout au plus. Dès qu'une nouvelle arrivait j'oubliais la précédente. Malheureusement pour lui, c'était au moment où est née ma passion de la RATP et où ma grande joie était d'organiser une rame de métro dans ma chambre. Jusque-là, rien d'extraordinaire. Le problème c'est que j'avais besoin de passagers. Parfois le soir alors que mon père discutait tendrement dans le salon avec sa nouvelle copine je débarquais en courant et je leur criais : « Direction Château de Vincennes, départ immédiat, venez vite ! » Je tirais mon père par le bras. Je lui ai bousillé plus d'une lune de miel avec ça. Comme la nouvelle belle-mère venait d'arriver elle n'osait pas me dire d'aller me faire voir. Ils me suivaient. La rame, c'était mon lit. Je les faisais s'asseoir et se tenir aux barres. Bien sûr il n'y avait pas de barres, ils devaient garder un bras en l'air. Une fois qu'ils étaient installés je mettais le métro en marche. On roulait. « Châtelet... Châtelet. » Les belles-mères étaient consternées. Certaines prenaient la fuite.

Sans surprise, je faisais moins le malin chez ma mère devant les beaux-pères. Je jouais au métro tout seul et le reste du temps à table je me tenais sagement. La famille recomposée, il faut reconnaître, ça vous apprend bien la cohabitation polie. Polie et un peu crispée. Il faut s'adapter. De temps en temps seulement j'étais perturbé, je ne comprenais plus qui était cet individu en face de moi me demandant de lui passer le sel, et alors à ces moments-là il m'arrivait de mettre les pieds dans le plat. Une fois, c'était peu après le départ d'un beau-père qui s'appelait Grégory, on dînait avec un nouveau qui était là depuis quelques jours. À un moment ma mère s'est retirée dans la cuisine, soi-disant pour aller *faire la salade*, et son damoiseau a dit « attends, je viens avec toi ». Il faut toujours être deux pour faire la salade, c'est bien connu. Je suis resté seul à table. Ça s'éternisait. Et puis j'entendais des bruits bizarres, des soupirs, même des chaises renversées. Au bout d'un moment j'en ai eu marre et allez savoir pourquoi j'ai crié : « Maman, il est où Grégory ? » Ça a jeté un froid. Les bruits ont cessé dans la cuisine et ma mère m'a répondu : « Hein ? Euh... Quel Grégory ? Est-ce que tu veux une tartine ? » J'étais content de mon effet. Ils sont revenus s'asseoir, un peu décoiffés. Ensuite j'ai parlé pendant tout le repas. Mais bon, c'était exceptionnel. La plupart du temps je prenais sur moi.

Mis bout à bout, tout ça commençait donc à faire beaucoup. Entre les yeux, la mâchoire, les beaux-pères et les belles-mères... D'autant plus qu'on ne faisait rien pour me stabiliser : je déménageais tous les trois jours. Quatre jours chez ma mère, trois jours chez mon père. C'était absurde. *Au revoir papa, à dans trois jours !* Mes jours de déménagement, en plus de mon cartable, j'allais à l'école avec une petite valise à roulettes. Je voyageais léger. Seulement mes plans de villes, un ou deux *Tintin*, ma peluche... J'avais un vieux léopard que j'avais appelé Raymond Barre, parce que mon père m'appelait Raymond Barre, mais sans savoir ce que ça voulait dire. C'est plus tard que j'ai appris. Au-delà de tout ça ce que j'avais de plus important à prendre c'était évidemment ma trousse d'homéopathie. Ma mère la mettait dans la poche avant de ma valise. *Au cas où il t'arrive quelque chose !!*

Ce qui est fou c'est que j'ai continué à vivre comme ça jusqu'à mes dix-huit ans. Trois jours, quatre jours. Je n'ai jamais rien dit. Même à l'adolescence, alors que je les haïssais tous, que je n'en pouvais plus de ma migration, et que je ne rêvais que d'une chose, partir vivre avec ma grand-mère, même là je ne me suis jamais rebellé. Je m'adaptais. Même lorsque ma mère a décidé à mon plus grand effroi de quitter le onzième *pour s'installer à Montreuil !* Même là j'ai continué à aller d'un endroit à l'autre, toujours de passage, jamais vraiment chez moi. C'était chez ma mère et chez mon père.

C'est seulement quand je suis rentré de Russie et que ma grand-mère m'a laissé m'installer dans le studio au-dessus de chez elle, que j'ai commencé à dire : *je rentre chez moi.*

*

Pour l'heure je dois vous laisser, il faut que j'aille faire les courses. C'est le grand truc du moment. Certains à Key West disent qu'on va être coupés du monde pendant un an et qu'on doit faire des provisions comme pour un siège... Moi j'aime bien, ça me calme. Je prends la voiture, je vais à l'extérieur de la ville, vers Roosevelt Boulevard. Je me gare devant un premier centre commercial. Je vais voir s'il reste des pâtes. Non, plus de pâtes... Je reprends la voiture, je vais au suivant. Entre deux tentatives je reste un peu sur les parkings. Je m'assois au soleil, en regardant la mer, et j'imagine que je suis avec quelqu'un. Il y a souvent des familles de poules qui passent.

En quelques jours j'ai déjà réussi à m'emparer d'une quinzaine de paquets de pâtes. Pas mal, non... J'entasse tout ça dans la cuisine du fond. « Faut que t'ailles te faire soigner », me dit ma grand-mère quand je passe devant elle avec mes paniers. Elle peut dire ce qu'elle veut, elle sera bien contente le jour où le ravitaillement de l'île sera coupé... Ce qui est précieux aussi c'est le papier toilette.

Hier sur les conseils de Sharon qui m'a téléphoné, très excitée, je suis même allé jusqu'à Big Coppitt pour en trouver. Quinze kilomètres. Elle m'a indiqué un magasin de déstockage où apparemment ils en avaient encore. Je suis arrivé juste avant la rupture. Au moins ce qui est bien, c'est que l'approvisionnement en crevettes semble garanti. C'est l'essentiel. « *There will always be shrimp* », m'a assuré le poissonnier ce matin.

En dehors des courses, ce que j'aime bien faire pour me changer les idées, c'est de balayer le jardin. En ce moment les manguiers perdent leurs fleurs, il y en a partout. À table c'est éprouvant parce qu'il y a un manguier juste au-dessus de nos têtes. On passe le repas à enlever les fleurs de nos assiettes. Hier soir la ligne rouge a été franchie : une poignée de fleurs est tombée dans le verre de bourgogne que ma grand-mère venait de se resservir. « Là ça va trop loin », elle a marmonné. Mais sinon moi j'avoue que ça m'arrange. Dès que je n'arrive plus à écrire je vais nettoyer la piscine... Ça va tout de suite mieux. J'imagine que les fleurs me fuient et que je les emprisonne dans le filet, je me sens rusé. Le virus lui aussi me donne quelques occasions de m'éloigner de vous puisque je me suis mis à désinfecter les poignées de porte. Ma grand-mère trouve ça ridicule. « Ah, ça y est, monsieur désinfecte », elle dit depuis son fauteuil en me voyant faire, comme si je me mettais à ramper ou à me prendre pour un cheval. Je l'ignore, je passe avec ma Javel. Elle essaie de me prendre en photo avec son téléphone mais elle râle parce que je bouge trop.

Tout ça ne me calme qu'à moitié, je dois dire. Pour éviter de trop me tournicoter les cheveux je joue avec un élastique à la place. Ça marche moins bien. Ce qui ne m'aide pas c'est quand je me mets à penser que je n'ai plus jamais rien de prévu devant moi, à présent. Mon agenda est tout vide, vide jusqu'à ma mort. Heureusement que j'ai avec moi mon angoisse pour m'accompagner à travers tout ça... *C'est toujours mieux d'être à deux.* Je ne sais pas exactement quand on s'est rencontrés elle et moi mais je pense que ça s'est passé très vite après ma naissance, peut-être au moment où mon père a commencé à m'appeler Raymond Barre et ma mère *mon gros chou bidou.* Depuis on ne se quitte plus.

Et puis il y a vous, aussi. Je me demande en permanence ce que je fais là à écrire alors que je ne sais pas du tout si ça peut vous intéresser. Je pense au professeur Gottlieb avec nostalgie. Je me suis même surpris à regarder les dates du prochain concours des affaires maritimes... Et je ne parle pas des sujets de fond. « On ferait mieux de se marier, toi et moi », m'a encore dit ma grand-mère l'autre jour. C'est le genre de moments où j'ai peur de ne jamais m'en sortir. Je me demande si dans cent ans elles seront encore là, ma grand-mère avec son bourgogne et ma mère avec ses granules... Sans doute. C'est aussi de ma faute, c'est vrai. Si j'avais un semblant de vie sentimentale, mais évidemment je n'ai rien. Que les histoires inventées pour faire croire aux autres que tout allait bien.

Au moins, je ne peux pas dire que ce soit ce confinement qui me perturbe. Je trouve ça au contraire très agréable. C'est comme si le monde entier adoptait mon mode de vie, pour une fois j'ai l'impression d'avoir une longueur d'avance. Les gens se lamentent que ça fait trois semaines qu'ils ne sont pas allés à une soirée et j'ai envie de leur dire *tu sais moi je suis allé à cinq soirées en vingt-trois ans et je tiens le coup*. Mais je sais que ça ne va pas durer. Dès que ça va reprendre ils iront tous courir dans les bars et sur Tinder et moi je resterai en arrière, tout seul dans ma vie normale.

2

C'est vers huit ou neuf ans que je me suis mis à apprendre les capitales de tous les pays du monde. Ça me calmait. J'ai rapidement été connu dans la cour de récréation comme une sorte de bête savante. On venait me crier « Burundi ! » et je répondais, du tac au tac : « Bujumbura ! » Ça faisait des attroupements. Il y en avait qui prenaient des paris. J'étais tout rouge, j'avais quand même un peu honte de connaître la capitale du Burundi. On me lançait « Kazakhstan ! », « Liechtenstein ! », mais j'étais infaillible. On se demandait si je ne trichais pas. Une fois des CM2 m'ont fait fermer les yeux, pour voir si je n'avais pas un complice caché quelque part... Même quand ils ont essayé de m'avoir avec le Malawi je m'en suis sorti. Peu à peu, quelques-uns se sont mis à m'accuser d'être un extraterrestre. Dans la cour de l'école c'était pris très au sérieux. Je démentais. Mais le bruit courait de plus en plus, et puis il faut dire que mon cache-œil et mes appareils dentaires parlaient contre moi. Quoi qu'il en soit, grâce aux capitales j'ai eu à l'école un début d'existence sociale. Je ne suis pas allé jusqu'à me faire des amis, n'exagérons rien... Disons que j'avais un cercle de curieux qui passait de temps en temps sa récré avec moi, je me sentais comme une espèce de fakir.

Le drame a tout de même fini par arriver. J'étais au summum de ma confiance, je n'avais peur de rien, pas même des petits archipels du Pacifique. Un jour une coalition de *grands* est venue vers moi à la récré. Ils avaient l'air décidés à en découdre. Je les attendais sans trembler. Ils se sont mis devant moi et m'ont demandé : « Saint-Gapour ? »

Je suis devenu tout blanc. *Saint-Gapour...* Qu'est-ce que c'était que ça ? Jamais entendu parler. Ils retenaient leur souffle. Je devais bien le reconnaître, *je ne savais pas.* L'horreur. J'ai fini par avouer :

« Euh bah je sais pas... »

Ça a été un choc. Ils sont allés crier partout qu'ils m'avaient battu. Pour faire comme si je le vivais bien, je leur ai demandé de me montrer ce pays inconnu sur une carte. On est allés dans le préau voir le planisphère. Et là, d'un coup, j'ai compris. C'était Singapour, évidemment. Quel abruti... En plus c'est le niveau zéro de la capitale, Singapour, j'étais ridicule. J'ai protesté « ah non mais c'est juste que j'ai mal compris... » Mais ils n'ont rien voulu entendre : « C'est bon assume que tu sais pas. » Ma blessure d'orgueil a été immense. Comme je m'étais trompé, je n'étais plus un extraterrestre. On s'est un peu désintéressé de moi.

Je préfère vous le dire, je ne me suis pas arrêté aux capitales. J'ai aussi appris les départements, les préfectures, tous les modèles d'avions, les États américains... Je passais mes journées à ça. Quand je partais en vacances à Key West la chose que j'avais le plus hâte de retrouver, au moins autant que mes grands-parents, était un puzzle qu'une des veuves m'avait offert. Il y avait tous les États américains et leurs capitales. Je le connaissais par cœur mais je continuais à le faire et à le défaire, à l'infini. Parfois après des heures de lobbying ma grand-mère acceptait que je lui donne des cours de capitales. J'étais heureux, on s'installait dans le jardin et du haut de mes huit ans je lui enseignais : « Mississippi, Jackson. Géorgie, Atlanta. » Elle prenait quelques notes dans un carnet mais rapidement elle soupirait *que c'était trop compliqué et qu'elle n'allait jamais y arriver*. Je l'encourageais. Ce qui est sûr c'est que j'avais l'admiration des veuves. Quand elles venaient dîner souvent elles me prenaient sur leurs genoux et tout en me caressant elles me demandaient :

« *Tell me, my dear, what's the capital of Missouri ?* »

Je répondais, très fier, « Jefferson City », et alors tout le monde s'émerveillait et déclarait que j'allais faire de grandes choses.

Mais tout cela n'était rien à côté de ma passion de la RATP. Je vous en ai déjà parlé. C'est de loin la passion la plus forte que j'ai eue dans ma vie. J'aimerais bien avoir un jour la même pour un être humain. Un peu plus tard au collège il y a même eu une époque où je disais que je voulais devenir conducteur de bus, je trouvais que c'était le métier le plus féerique au monde. Dans la famille ils n'étaient pas tous d'accord. Ma belle-mère Ursula s'est étouffée quand elle a appris ce projet, mon père a dû lui taper dans le dos. Ensuite, j'avoue que j'ai abandonné l'idée de faire carrière dans les autobus, par paresse. Mais la passion est demeurée intacte. J'étais prêt à tout pour découvrir de nouvelles lignes de bus. Il y a eu une fois où j'ai traîné ma pauvre mère jusqu'au musée Marmottan, à l'autre bout de la ville, en disant que la peinture de Monet m'intéressait beaucoup. Bien entendu je m'en foutais complètement, de Monet. Une exposition de tabourets m'aurait fait autant d'effet. En revanche ce qui faisait mon bonheur, c'était la perspective de prendre pour y aller les bus 20 et 52, lignes que je n'avais jamais prises. Deux conquêtes en une journée... Une fois au musée au bout de dix minutes j'ai dit à ma mère qu'on pouvait rentrer. J'ai failli être privé de dessert le soir. Avec tout ça je suis devenu peu à peu, dès neuf ans, le conseiller transports de la famille. Parfois le téléphone sonnait à la maison et ma mère criait « César, c'est pour toi ». Je courais au salon. C'était une de mes tantes qui me disait : « Allô, César ? Écoute, je suis à Alma-Marceau, comment je fais pour aller à Cardinal-Lemoine ? »

Bien sûr j'aurais préféré désirer des choses plus normales, comme un maillot du PSG ou voir le dernier épisode des Simpson. Mais ce qui m'excitait, c'était la RATP. C'était comme ça. « Il va être ministre des Transports, ce petit », répétaient partout mes tantes.

Quand j'ai eu dix ans le discours a changé. J'ai commis le dérapage de trop. Alors que jusque-là on avait toléré mes capitales, mes plans de villes, mes stations de métro, mon absence totale d'amis, lorsque mes parents et mes tantes se sont aperçus que je me mettais *à me laisser pousser les cheveux*, c'est là qu'ils ont commencé à s'inquiéter pour de vrai. Ça allait trop loin.

Ma période cheveux longs est l'une des pires que j'ai traversées. Ça m'a duré deux ou trois ans, quand même. Même mes tantes n'osaient pas dire que c'était mignon. Moi je suis convaincu qu'inconsciemment je faisais ça pour leur ressembler, mais à chaque fois que j'ai essayé de les accuser frontalement elles m'ont répondu : « Oh tu vas pas non plus tout nous mettre sur le dos ! » En plus je devais plafonner à un shampooing tous les dix jours... C'était à l'époque où je ne me savonnais pas. Sous la douche je restais immobile et je chuchotais à quelqu'un, je lui racontais mes journées. Les gens étaient très gênés à cause de mes cheveux longs. Les vendeuses du Bon Marché, par exemple... Elles ne savaient plus à qui elles avaient affaire. Soit j'étais un garçon mais alors ça n'allait vraiment pas, soit j'étais une demoiselle mais alors j'étais hideuse. Dans tous les cas, il fallait faire quelque chose. Et je ne vous parle pas de Mme Gibou... Elle était effarée. « Vous pensez que ça va lui passer bientôt ? » elle demandait à ma grand-mère dans l'escalier.

Comme ils ne savaient pas quoi faire mes parents ont réuni un conseil de famille. Les avis étaient partagés. Ma grand-mère était pour me laisser tranquille, mais mes tantes criaient qu'il fallait agir. Elles l'ont emporté, comme d'habitude. Certes, on pouvait agir. On pouvait notamment arrêter de me faire déménager tous les trois jours et m'emmener voir un psy. Mais le conseil de famille a eu une autre idée.

Tout a commencé par une intervention de ma mère proposant de me faire faire des activités. « Tous les petits garçons font des activités, pourquoi César ne ferait-il pas aussi des activités », a-t-elle argumenté. Il est vrai qu'à part avec le professeur Stambouli et l'hôpital Trousseau, je n'avais encore jamais connu d'activités se déroulant hors de mon cerveau. Les choses que faisaient mes camarades le mercredi étaient un mystère. Évidemment mes tantes se sont emballées, Gladys a crié qu'il fallait me mettre au solfège mais ma grand-mère lui a ordonné de ne pas dire n'importe quoi. Et au bout du compte, perdant tout bon sens, mon père a proposé de m'inscrire *au karaté.* Je n'ai jamais compris ce qui lui était passé par la tête. Ma grand-mère a essayé de faire barrage, bien sûr. Elle a dit que c'était trop dangereux, elle lui a demandé s'il cherchait à se débarrasser de moi. Pour mon grand malheur ma tante Audrey avait lu un article sur le karaté dans *Paris-Match.* On y disait que c'était très chic. Elle n'a pas eu de mal à convaincre ses sœurs.

C'est comme ça que je me suis retrouvé embarqué dans le karaté. Je n'osais pas avouer à mon père que je détestais ça. Je ne voulais pas faire de vagues. « Il faut le dire, si ça ne te plaît plus », il me disait du haut de son mètre quatre-vingt-sept. Je le regardais d'en bas, et je répondais « non non, ça va ».

Le prof de karaté était un gros barbu qui est rapidement venu disputer au professeur Stambouli la place de la personne que je haïssais le plus au monde. « Allez, on n'est pas des mauviettes ici ! » il gueulait dès le début du cours. J'étais terrifié parce que je savais que j'étais, moi, réellement une mauviette, et que tous les autres en effet ne l'étaient pas. Pendant que le gros barbu nous expliquait je ne sais quoi, je regardais dans la salle d'à côté, à travers la vitre. C'était toujours le même cours, de belles trentenaires écoutaient de la musique en faisant une séance d'abdos-fessiers. Tout y avait l'air très doux et je me demandais pourquoi on ne m'avait pas inscrit là. D'autant plus qu'elles étaient allongées, elles... le rêve... Alors que nous, non, c'était la sueur ! Les muscles ! Le combat ! Je me demande comment je n'ai pas fini aux urgences, d'ailleurs, je ne comprenais rien à ce qui se passait. Quel que soit l'exercice demandé j'avais toujours un temps de retard. Quand il fallait faire des flexions je me retrouvais toujours en haut au moment où les autres étaient déjà en bas, ou alors j'étais encore en bas quand tous étaient en haut. C'était gênant. « Allez César, on fatigue pas », me lançait le barbu.

Mais le pire venait après, lorsqu'il fallait *combattre.* Au début de l'année, une fois ou deux, le prof m'a pris avec lui comme cobaye pour montrer aux autres ce qu'il fallait faire. Heureusement il a vite mesuré l'étendue de ma nullité et donc au moins j'ai pu échapper à ça. Le moment finissait tout de même par arriver où je ne pouvais plus rester sur le côté... Pour les affrontements on devait se mettre par deux. Personne ne voulait se mettre avec moi, c'était la corvée. Je les comprenais. « Bon, Antoine, mets-toi avec César pour cette fois », disait le prof avec compassion à un des mecs. C'était un blond assez musclé qui débordait de mépris à mon égard. À l'égard de ma coiffure notamment. Je le détestais mais souvent je rêvais que j'étais lui, et s'il m'avait ordonné de lui sucer le gros orteil je l'aurais fait sur-le-champ. Le combat commençait. Moi, je n'osais jamais taper mes adversaires mais eux, ils n'hésitaient pas... Une fois je me suis quand même risqué à donner un vague coup de pied. En sentant que j'avais *vraiment* touché la cuisse d'Antoine je me suis arrêté et je lui ai dit : « Ah pardon, ça va ? », ce qui l'a atterré. Je ne me sentais pas à ma place dans ce groupe.

En plus de tout, le gros barbu venait toujours se planter devant moi. Bien fort pour que les autres entendent il criait : « Mais non César tu le fais exprès ou quoi ? Le mouvement de la jambe c'est pas comme ça, c'est un mouvement large... vas-y... non, large, je te dis... c'est comme quand tu tires un penalty... montre-moi comment tu tires un penalty. »

Là, l'angoisse montait d'un cran car je n'avais jamais tiré un penalty et je savais bien que ça me rendait hérétique. La mort dans l'âme je faisais un lamentable coup de pied en avant. « Ah bah si c'est comme ça que tu fais tes penaltys, tu vas pas aller loin, ah ah. » Il se marrait, le gros. Antoine aussi se foutait de moi. Je rêvais que le cours de karaté était remplacé par un cours de capitales ou de départements et que je les écrasais tous.

Un mercredi, c'était l'été, quand je suis sorti du karaté, ma mère se tenait à côté d'un homme. Il était grand et bronzé et son sourire découvrait des dents très blanches. Ce sont surtout ses dents qui m'ont marqué. Tout de suite j'ai eu la haine. Pourquoi je n'avais pas une mandibule comme ça ? Je l'avais déjà vu plusieurs fois à la sortie du karaté, ce veinard, il devait être le père d'un des sportifs. Enfin ça m'était bien égal, qui il était. Quand je sortais du karaté je ne regardais personne, je n'avais qu'une envie, retrouver ma mère. J'ai marché vers elle. Sans lever la tête j'ai tiré sur sa veste en lui disant « bon, on y va ». Elle m'a répondu, de très bonne humeur :

« Attends mon chéri il faut que je te présente quelqu'un ! »

Tout s'est passé très vite. Le géant m'a tendu la main. En serrant sa main j'ai regardé ses dents. Je n'en revenais pas. « Je m'appelle Stefano », il m'a dit, avec un sourire. Ils ont discuté un peu entre eux et ma mère m'a lancé :

« On va aller déjeuner tous ensemble au chinois que tu adores, d'accord ? »

Je suis resté figé. C'était une trahison... Oui j'adorais *aller au chinois*, mais ce que j'adorais c'était d'y aller seul avec elle... Pourquoi est-ce qu'elle nous collait cet inconnu qui allait tout perturber et tout gâcher ? Avec ses dents, en plus... On bousculait mes plans, j'avais horreur de ça. Malgré tout je n'ai rien dit. Je n'arrive jamais à exprimer mes sentiments sur le coup. « J'attends juste mon fils et on y va ! » a dit Stefano. Je n'ai pas eu le temps de comprendre. Derrière moi une voix essoufflée a crié :

« Papa ! C'était trop bien ! »

Je me suis retourné. C'était Antoine.

Évidemment j'ai fait la gueule tout le long du déjeuner. C'était une question d'honneur. Il y avait de longs silences mais Antoine s'en foutait, il mangeait ses raviolis. Enfin *mes* raviolis, devrais-je dire. Normalement je prenais toujours des raviolis crevette, c'était comme la glace poire-chocolat. Mais là vu qu'il avait commandé avant moi et qu'il avait pris des raviolis crevette, cette ordure, j'avais demandé autre chose, un truc immonde au porc ou je ne sais quoi, pour ne pas qu'il pense que je faisais comme lui. Toutes les deux secondes il regardait ses bras et se touchait les muscles. Je n'arrivais pas à croire qu'il était là face à moi, c'était affreux. À un moment pour mettre de l'ambiance Stefano m'a demandé, avec son grand sourire : « Et toi alors, tu fais un autre sport à part le karaté ? »

Mauvaise pioche... Je me suis demandé s'il se foutait de ma gueule. Par un suprême effort de politesse j'ai marmonné « euh non », puis j'ai renfoncé ma tête dans mes mains. Ma mère était gênée.

En sortant, on s'est quittés. Les amants ont décidé qu'il valait mieux s'en tenir là pour cette fois. Je suis resté seul avec ma mère. Bon débarras... J'espérais que ça allait faire comme pour le beau-père Grégory et ceux d'avant et qu'on n'allait plus jamais revoir ces deux bougres.

Malheureusement mes prières n'ont pas été entendues. La machine infernale était lancée. Peu après, Stefano est venu *dormir à la maison pour la première fois.* À l'époque j'étais naïf, je croyais vraiment que c'était la première fois. Il m'a même demandé de lui faire visiter l'appartement, l'hypocrite. J'ai pris soin de lui montrer *ma* chambre, *ma* tasse Peter Rabbit, *ma* partie du placard... En réalité ça devait faire quelque temps qu'il rappliquait dès que je partais chez mon père. Il devait bien rire, pendant que je lui faisais la visite... Il avait probablement déjà baisé ma mère sur chaque meuble de l'appartement.

Au départ, il ne venait que de temps en temps. Ma mère me criait « il y a Stefano qui vient ce soir !! », comme si j'étais censé me réjouir. Il faut dire qu'il était malin, l'envahisseur... Souvent il débarquait avec des pizzas. C'était un événement parce que chez ma mère les pizzas étaient une nourriture interdite, au même titre que le McDo. C'était ce que ma mère appelait des saletés. « Tous ces gens qui mangent des saletés ! » J'étais donc très excité en voyant les pizzas, mais je ne le montrais pas, pour faire comprendre que la démagogie n'avait pas prise sur moi.

Peu à peu, il s'est installé complètement. D'abord sans ses enfants, certes, on me marquait un minimum de respect. Mais le choc était suffisant. Car jusque-là mes beaux-pères n'avaient pas duré longtemps, et ils s'étaient tous faits assez discrets. Lui il était tout le temps là, le grand apollon, du matin au soir, à me narguer avec ses dents. Je voyais bien qu'il n'était pas pressé de s'en aller. J'avais du flair : il est toujours là.

Comme Stefano avait soi-disant beaucoup de travail, on lui a installé un bureau dans une des chambres. Quand la porte était ouverte j'essayais de voir s'il travaillait vraiment. J'avais des doutes. Le pire c'était que ma mère débordait d'attentions pour lui. Elle lui apportait des verres d'eau, des petites parts de gâteau... Elle était toute dévouée, ça m'indignait. Je me chuchotais *non mais je rêve...* En plus j'étais sûr qu'il faisait exprès de rouler les « r », l'autre, pour se donner du charme, j'avais envie de crier *tout le monde sait que tu fais exprès !* J'étais très tendu. Quand on était à table il la regardait avec ses beaux yeux, j'essayais de l'imiter. Puis il lui souriait et là évidemment j'étais disqualifié. Il étalait ses belles dents bien alignées... J'abandonnais. Je trouvais ça mesquin de sa part de déplacer la compétition sur le terrain dentaire.

Au karaté Antoine et moi faisions comme si rien ne se passait. Ça a duré assez longtemps comme ça, on ne se disait même pas bonjour. Je faisais tout pour ne pas me retrouver à combattre avec lui. En plus j'étais sûr qu'il avait dit à tous les mecs du karaté que son père se tapait ma mère, donc je n'osais plus regarder personne. Bien entendu le pire c'est que pendant tout cela, pendant que je risquais de me faire casser le nez, ma mère se faisait séduire là-haut à la machine à café. Certes ça n'aurait pas été si mal, pour le nez, si ça avait pu l'aplatir un peu... Mais je trouvais que tout ça était exagéré. Depuis je n'ai plus jamais fait une activité dite sportive avec d'autres gens. Il y a simplement eu une fois où mes tantes m'ont traîné à leur cours de yoga, mais je suis parti avant la fin parce que la prof nous faisait faire des bruits avec notre bouche et nous disait de *bien détendre notre plancher pelvien*, ce qui m'a épouvanté.

L'arrivée de Stefano a déclenché dans la famille toute une passion de commentaires. Mes tantes étaient frénétiques. Le week-end elles se retrouvaient chez ma grand-mère pour tenir conseil. Un vendredi soir je suis arrivé, un grand vacarme débordait de la cuisine et emplissait l'appartement. Elles étaient toutes à table. Ma grand-mère buvait son premier verre, mes tantes fumaient. Il y avait des tensions parce que ma tante Gladys venait d'annoncer qu'elle avait vu Stefano en vrai. Ma grand-mère aussi l'avait vu, elle avait même eu droit à un dîner de présentations, mais Gladys avait imaginé tout un plan pour le voir avant ses sœurs. Elles étaient outrées. L'air de rien Gladys avait téléphoné à ma mère en se lamentant que son chat avait fait tomber son rideau pour la millième fois. Moi je pense que c'était faux, elle l'avait sûrement décroché elle-même, le rideau. En tout cas ça n'avait pas manqué. Tout de suite ma mère lui avait dit : « Oh mais attends, Stefano va venir te le réparer, il est super fort !! »

Oui, car en plus de tout Monsieur était bricoleur, bien sûr... C'était fatigant. Ainsi pendant que Stefano était sur l'échelle pour fixer son rideau, ma tante Gladys était restée en bas, à se rincer l'œil. À présent dans la cuisine elle racontait à ses sœurs avec fierté : « C'est un homme délicat, pragmatique... Il va faire du bien à la famille... » Elle avait ses grosses joues toutes rouges. « Et puis bronzé, musclé... De beaux yeux... Et des fesses ! Des fesses parfaites, comme ça...

— Oui bon ça va, ça va », l'a interrompue ma grand-mère.

Le volume sonore montait, on n'arrivait à aucune conclusion. Stefano allait-il vraiment durer plus longtemps que ses prédécesseurs ? Ma grand-mère disait qu'elle l'avait trouvé *très optimiste, un peu bête, quoi.* À ce moment je suis sorti de mon silence et j'ai crié : « Oui, ça c'est vrai ! »

Tout le monde m'a regardé. Ça venait du cœur. J'espérais pouvoir monter un complot contre Stefano et le renverser.

Au bout d'un mois, il était toujours là. C'était inédit. On ne comprenait pas, on parlait d'un phénomène mystérieux. Mon père lui-même s'est mis à vouloir des détails. « Alors, il est comment, le nouveau ? » il me demandait quand j'arrivais chez lui. Je disais « euh, normal », sans mentionner ses dents.

Si ma mère caracolait avec son Stefano, en revanche chez mon père c'était autre chose. Ça ne marchait plus trop, niveau belles-mères. C'était morose. On dînait tous les trois, mon père, la bouteille de bordeaux et moi. « Tu vois, les femmes, moi j'en ai ras le bol », il me disait. Alors que la veille au dîner j'avais fait des petits dessins d'enfant pour les copines de ma mère, là je hochais gravement la tête, en homme d'expérience. J'avais l'habitude, je me tenais plutôt comme ça chez ma mère et comme ça chez mon père... Quand on voyage, on s'adapte.

Le dîner s'éternisait. Mon père se renversait dans son fauteuil, je l'imitais. « Tu verras, les femmes, c'est tellement compliqué... Ça rend fou. » J'écoutais vaguement. Les femmes ceci, les femmes cela... Je ne comprenais pas ce qu'ils avaient tous avec les femmes. Pour moi c'était ce qu'il y avait de plus banal au monde. J'avais envie de secouer mon père et de lui dire : « Bon allez maintenant on parle des choses qui comptent, je vais te réciter la liste des avions d'Air France. »

Mais je n'osais pas l'interrompre, donc je me les récitais dans ma tête. Pendant que mon père m'expliquait « mais tu sais, parfois les petits seins c'est bien aussi », j'essayais de calculer *alors quarante Boeing, cent dix Airbus...* Enfin la bouteille était terminée, on allait se coucher. « Tu vois, ce qui est bien, c'est qu'on ne se parle pas en tant que père et fils, me disait mon père. On se parle entre potes. » J'avais neuf ans et mon père cinquante-quatre. Je répondais « ouais, c'est sûr ».

D'accord, on était entre potes, mais mon père avait tout de même une conception particulière de l'amitié. Un peu stalinienne, disons. Cet aspect des choses s'est surtout manifesté quand il s'est mis dans la tête de me faire passer des examens de conjugaison.

Ça faisait plusieurs fois que la maîtresse venait le voir pour lui dire qu'elle était inquiète. En classe j'étais distrait, elle me voyait soi-disant murmurer en regardant par la fenêtre. Mon père lui disait que ce n'était pas grave. « C'est César, il est comme ça... À la maison aussi il parle tout seul, en général. » Par contre, quand elle lui a annoncé que mon niveau baissait en conjugaison, là non. Que je parle tout seul, que j'apprenne par cœur les plans de métro, que je n'aie aucun ami, passe encore ; mais que je sois nul en conjugaison, c'était trop. La puissance paternelle devait intervenir, vieux potes ou pas. C'est comme ça que je me suis retrouvé à devoir me présenter tous les jours à dix-huit heures précises dans le bureau de mon père pour mon oral de conjugaison.

Évidemment j'étais mort de peur. Plus que tous les autres le verbe *aller* était ma bête noire. J'avais un petit blocage, comme il m'arrive de temps à autre dans ma vie. Je ne me souvenais jamais si c'était *tu vas*, et qu'il était criminel d'écrire *tu va*, ou si au contraire c'était bien *tu va*, et que le piège était que l'on avait envie de mettre un « s » alors qu'il n'y en avait pas. La seule chose dont je me souvenais, c'était qu'il ne fallait pas se tromper. Je commençais, tout tremblant :

« Je vais, tu vas...

— Les terminaisons, César, je veux entendre les terminaisons !

— Ah oui pardon. Je vais, *v-a-i-s*... Tu va, *v-a*...

— Mais non ! Tu vas, *v-a-s* ! Jusqu'à quand vas-tu oublier le “s” ! »

J'étais encore tombé dans le piège. Mon père criait, il était tout rouge. Il m'accusait d'avoir une passoire à la place du cerveau, ce qui était bien possible. Je voulais m'excuser mais c'étaient des sanglots qui sortaient. Il y a des amitiés bizarres... Mon père essayait encore de me faire réciter quelques verbes mais je n'arrivais plus à parler et il finissait par me renvoyer dans ma chambre. « Bon, ça ira... J'espère que tu connaîtras ton verbe *aller* demain. »

Pour le reste, ma vie chez mon père n'évoluait pas beaucoup. Le matin il me réveillait à 7 h 43. Cela a dû arriver qu'il me réveille à 7 h 44, mais c'était vraiment qu'il s'était passé quelque chose. Il me réveillait comme on le fait entre vieux potes, c'est-à-dire qu'il toquait deux coups à ma porte et me criait depuis le couloir : « César, c'est l'heure ! » J'enlevais mon masque de fer. Je n'oubliais pas la prière pour que le professeur Stambouli meure rapidement. Je gardais espoir. Puis de la main je cherchais mes lunettes, pour ne pas rentrer dans les meubles en me levant.

Dans tout ça il y a encore une chose dont je ne vous ai pas parlé. Ça fait quelque temps que je repousse le moment parce que c'est un peu délicat, mais je suis bien obligé. C'est l'histoire de ma grande sœur. Figurez-vous que lorsque mes parents se sont rencontrés, mon père avait déjà une fille. Un premier mariage précoce qui avait mal tourné. Jusque-là, rien d'anormal. Sauf qu'il y avait un petit problème d'âge. Mon père avait quarante-deux ans, ma mère vingt-deux... et ma grande sœur aussi. Naturellement ma grande sœur Violette a mal réagi aux fiançailles de mes parents. On peut la comprendre. Elle a envoyé des lettres de menace à ma mère, accusé mon père d'être un proxénète, enfin l'ambiance était mauvaise. Et alors quand je suis né, ça a été l'horreur... Elle n'a pas voulu me voir ni entendre parler de moi. Il faut dire qu'il y avait une complication : elle venait d'apprendre qu'elle était elle-même enceinte. Ma nièce a donc mon âge. Cependant je ne l'ai rencontrée que l'année dernière ou celle d'avant parce que la communication entre ma mère et ma grande sœur Violette a été rompue à tout jamais, et qu'il ne fallait pas compter sur mon père pour organiser des réunions de famille. « La famille, c'est de la merde. » Il n'avait peut-être pas spécialement envie non plus qu'on vienne lui rappeler que son fils et sa petite-fille avaient le même âge... C'est seulement vers mes six ou sept ans que j'ai vu ma sœur Violette pour la première fois. Toute mon enfance, quand on me demandait si j'avais des frères et sœurs je répondais non. J'oubliais Violette, je ne comprenais pas qui c'était. Ma mère était obligée de me rappeler *mais si, tu sais, tu as une sœur...*

Comme si ça ne suffisait pas, en plus d'avoir une sœur, rapidement j'ai eu aussi un demi-frère et une demi-sœur, puisque les enfants de Stefano ont fini par venir habiter chez ma mère. « Tu comprends Stefano a besoin de voir ses enfants, elle m'a expliqué. En plus tu connais Antoine ! Ce sera super pour toi d'avoir des gens de ton âge à la maison ! » Je me demandais si elle le faisait exprès ou si réellement elle n'avait pas compris qu'avoir des gens de mon âge à la maison était pour moi une catastrophe. Et puis ce n'était pas n'importe qui, qu'elle m'amenait. Antoine, un des individus qui me méprisaient le plus au monde ! Quant à la fille de Stefano je ne la connaissais pas, mais bon, je m'attendais au pire. J'avais cru comprendre que c'était une sportive elle aussi. « Tu vas voir, elle est super dynamique », m'a prévenu ma mère. C'était bien ce que je craignais. Le coup final, ça a été quand j'ai appris qu'on comptait installer les deux affreux dans la pièce à côté de ma chambre – pièce que j'étais obligé de traverser pour gagner ma chambre. J'étais assiégé.

À partir de ce moment ma mère a été très prise par notre *nouvelle famille*. Il a fallu préparer l'arrivée d'Antoine et Juliette. « Je veux que tout soit bien pour eux », elle répétait, ce qui m'exaspérait. Elle a même fait repeindre la salle de bains. Je n'en revenais pas. Elle les préférait à moi, c'était sûr. Je l'ai regardée avec haine passer une semaine entière à décorer la pièce d'à côté... Un jour quand je suis rentré de l'école mon vieux canapé n'était plus là. J'ai couru dans le salon en criant :

« Maman, il est où le canapé ?

— Oh mais mon chéri il était trop moche, je l'ai donné aux encombrants », a répondu ma mère en sirotant son jus de gingembre.

Trop moche, merci bien, il n'avait pas été trop moche pour me le laisser pendant dix ans. En revanche dès qu'arrivaient les autres, là attention ! Ils sont même allés jusqu'à rebaptiser la grande pièce *la chambre des enfants...* Ça m'écœurait. Je n'aurais jamais cru que ça puisse m'arriver.

« Ne leur fais pas sentir qu'ils sont chez toi », me recommandait ma mère, en plus de tout. Je me forçais à leur sourire, mais eux me regardaient à peine. Mon orgueil saignait. Ou pire... Avant l'invasion, quand j'étais sur les toilettes le matin, mon plaisir était de me réciter les départements en chuchotant. Ça m'apaisait. Souvent j'enchaînais avec les États américains pour que ça dure. Mais à présent c'était fini. Depuis que les colons étaient là, en général je ne pouvais pas dépasser la Marne ou la Haute-Marne parce qu'ils venaient me presser. Cette enflure d'Antoine tapait à la porte en disant : « Dépêche ! » Comme j'avais peur de lui je tirais vite la chasse et je sortais, en regardant par terre.

Pendant ce temps ma mère et Stefano redoublaient d'efforts pour qu'on apprenne à se connaître et *qu'on forme une famille.* Les balades du dimanche, les jeux de société, tous ces petits bonheurs... La plupart du temps je réussissais à esquiver, Dieu merci. Je me souviens d'une fois où j'ai annoncé à ma mère que j'allais passer le week-end chez mes grands-parents. Elle s'est écriée : « Oh non mon chéri ! On avait prévu d'aller tous ensemble au parc Astérix pour faire quelque chose en famille ! Tu es sûr de vouloir aller chez ta grand-mère ? »

Je l'avais échappé belle...

De toute façon globalement ma mère ne comprenait rien. Le soir, à partir du moment où Antoine et Juliette ont dormi dans la pièce d'à côté, j'ai dit que je ne voulais plus qu'un seul bisou. C'était horrible, de me séparer d'elle si vite. Mais j'avais trop honte vis-à-vis d'eux que ma mère me fasse des bisous et des bisous, pendant des plombes. Pour autant elle ne se doutait de rien. Plusieurs fois à cette période je l'ai entendue dire, d'un air mystérieux :

« César grandit, ça y est... Il devient un homme. »

3

Malgré mes prières pour qu'une guerre éclate et qu'on annule l'école et que je puisse rester avec ma grand-mère, le moment redouté du passage au collège a fini par arriver. On ne savait pas dans quel collège m'inscrire. Certes, il y en avait un tout près de chez ma mère, au bout de la rue. Tous mes camarades de l'école y allaient, mais on s'inquiétait pour moi. C'était un collège *qui avait mauvaise réputation.* On craignait que j'y sois un peu chahuté. « Ah non mais il va se faire broyer si tu le mets là-bas », disaient mes tantes à ma mère pour la rassurer. Il faut dire que c'était toujours assez agité quand on passait devant, sur le trottoir ils étaient tous là à se crier « mais vas-y lâche-moi wesh ». « Viens mon chéri », me disait ma mère, et elle me prenait par la main. Il était donc évident que je n'y serais pas trop dans mon élément. Malgré tout au début j'étais plutôt pour. Puisque tout le monde y allait, j'avais envie de faire comme tout le monde. Ça n'impliquait ni changement ni nouveauté et c'était ce que je préférais dans la vie.

Quelque chose est toutefois venu changer la donne : j'ai appris que Stefano réfléchissait *à mettre Antoine dans ce collège-là.* Heureusement que je l'ai appris. Comme à présent ils vivaient une semaine sur deux chez nous, les deux zouaves, c'était pratique pour eux d'aller en bas. J'en ai eu des sueurs froides. Rien que de m'imaginer dans la même classe qu'Antoine... Donc à partir de là évidemment j'ai déclaré que je ne voulais pas aller au collège du coin. Sauve qui peut. « C'est dommage, vous auriez été ensemble avec Antoine », me disait Stefano. Je répondais « ouais, c'est vraiment dommage ».

Ensuite brièvement il y a eu l'option de me mettre dans un collège privé très chic où allaient les petits-enfants de Régine, la copine de ma grand-mère. Au moins là-bas je serais en sécurité, répétaient mes tantes. Sauf que c'était à l'autre bout de Paris. À chaque fois qu'on lui en parlait ma mère s'écriait : « Ça va pas la tête, il y a un changement ! C'est trop dangereux ! » Moi pourtant ça m'aurait carrément excité, de faire un changement. Deux lignes de métro, c'était le rêve. Mais on ne me demandait pas mon avis.

Le choix était donc entre le collège du coin où j'allais me faire broyer, et le collège privé de Régine où je n'allais peut-être même pas arriver car je serais mort avant, en changeant de ligne de métro. Ma mère en avait les larmes aux yeux. Ses sœurs lui remontaient le moral. « C'est ça aussi de s'installer dans les quartiers populaires », persiflait ma tante Audrey.

Finalement c'est mon père qui nous a sortis de là. Il s'est souvenu qu'une de ses anciennes maîtresses travaillait au rectorat. Ça tombait bien, ça faisait un certain temps qu'il cherchait un moyen de renouer avec une de ses ex, n'importe laquelle. « Je m'occupe de tout », il a déclaré. Ma mère et mes tantes se méfiaient, mais assez rapidement on a reçu un courrier du rectorat : j'étais inscrit dans un collège du Marais. On ne donnait pas d'explications. Dans la famille tout le monde était soulagé. C'était sympa, le onzième, mais il y avait des limites.

Pour ma part je me suis vite fait une raison. J'avais peur de ce collège inconnu, j'étais le seul de mon école à y aller, en même temps comme ça personne n'allait savoir que j'étais un extraterrestre. Plus de capitales, plus de sous-préfectures, j'allais pouvoir repartir de zéro. Je me voyais déjà dans la cour du collège, au centre d'un groupe, entre mon meilleur ami et ma copine... J'imaginais beaucoup mon meilleur ami, beaucoup moins ma copine. Surtout il y avait une scène que je me faisais en boucle. C'était sur le chemin du karaté, j'étais avec Antoine et un ou deux autres. L'air de rien je leur annonçais :

« Au fait je vous ai pas dit mais j'ai une copine ! »

Mon père, bien entendu, avait espéré qu'avec tout ça l'ancienne belle-mère du rectorat allait revenir à la maison. Mais son plan n'a pas marché. Elle est venue un soir ou deux puis elle s'est barrée. On s'est retrouvés à dîner tous les deux, entre potes. On avançait sur la conjugaison. Le verbe *aller* avait fini par rentrer, même s'il y avait toujours des moments où mon père m'engueulait parce que je ne retenais rien et où j'étais au bord des larmes. J'avais surtout honte d'être au bord des larmes. Une fois seul dans ma chambre j'imaginais que je m'énervais. *J'en ai marre de la conjugaison, tu me fais chier,* je lui chuchotais. Un peu plus tard il toquait à ma porte. Je voulais qu'il dégage mais je lui disais d'entrer. Redevenu gentil il s'excusait, et il m'embrassait dans le cou. Je n'osais pas me débattre.

Chez ma mère ce n'était pas la joie non plus, les Italiens gagnaient du terrain. Stefano était tout le temps à la maison. Il travaillait là, maintenant. Certes, quand j'étais là, il était dans son bureau. Mais rien ne me disait que dès que j'avais le dos tourné il ne se précipitait pas pour tripoter ma mère et farfouiller dans tous les coins. D'autant plus qu'il commençait à prendre des initiatives dans l'appartement, le grand dadais. À critiquer ci, à déplacer ça... J'en avais marre. Et puis surtout comme je vous disais les deux athlètes se sont mis à venir une semaine sur deux ! *Comme ça se passait très bien,* disait ma mère, il n'y avait pas de raison qu'ils ne viennent que le week-end. On ne m'avait pas demandé si je trouvais que ça se passait bien, mais bon. Je les évitais. Ma mère me reprochait d'être un peu froid : « Tu sais ce sont tes demi-frères et sœurs, maintenant. Vous êtes de la même famille. » À présent quand on me demandait si j'avais des frères et sœurs d'abord je disais non, puis je me souvenais et je répondais *ah si j'ai un demi-frère et une demi-sœur.* Ensuite je me rappelais de Violette et j'ajoutais *et j'ai aussi une autre grande sœur.*

Résultat des courses, une semaine sur deux pendant les trois jours où j'étais chez mon père, Antoine et Juliette étaient chez moi alors que je n'étais pas là. Ça me dégoûtait. Je les imaginais à table tous les quatre, se faire des soirées foie gras... *Qu'est-ce qu'on est bien à quatre,* déclarait ma mère dans mes cauchemars. Et puis j'étais certain qu'Antoine allait regarder dans mes tiroirs. Il avait dû trouver les horaires de ma compagnie maritime. Dès que quelqu'un parlait de trains ou de bateaux, comme plus tard quand on disait « puceau », je devenais tout rouge. J'étais persuadé *qu'on savait.* Enfin voilà, je coulais des jours paisibles. Quand je revenais de chez mon père le jeudi avec ma valise à roulettes parfois je me demandais si je n'allais pas trouver les serrures changées.

*

Sur ce, je crois que je vais m'arrêter un instant ici. Il est l'heure d'aller un peu nettoyer la piscine avec le filet. Il y a des moments où je n'arrive plus à rien, je dois dire. Quand c'est comme ça souvent je vais faire un tour sur la jetée. Les vieux pêcheurs me connaissent, on se fait un signe. J'aimerais être calme mais je sens mon cœur battre et ça me rend nerveux, je ne peux penser à rien d'autre qu'à lui. Il y a toujours cette couche d'angoisse qui m'entoure et m'empêche de profiter du moment. Je ne sais pas si c'est pareil pour tout le monde.

Je voulais vous dire que ça y est, le virus s'est installé à Key West. L'autre jour je me suis surpris à me dire *ah oui en plus avec mes problèmes de cœur il ne faudrait pas que je l'attrape.* Vous vous rendez compte, c'est quand même grave... Les crises cardiaques imaginaires sont-elles un facteur de risque ? Mais dans l'ensemble, ça ne me fait pas trop peur. J'ai eu bien plus peur l'autre jour lorsque pendant quelques heures j'ai eu le tétanos. C'était difficile. Comme j'avais attrapé une écharde, il était évident que j'avais le tétanos. J'avais surtout *honte* d'avoir le tétanos. Honte de mourir d'une maladie quasiment disparue et que personne d'autre n'attrapait. Sur ma tombe les autres allaient dire *eh oui, le pauvre, ce genre de choses n'arrivaient qu'à lui...* Ma guérison a été rapide.

Ici les rues sont vides, à présent. Hôtels, restaurants, tout a fermé. Ma grand-mère a accueilli la nouvelle avec un cri de joie. Enfin, vide, tout est relatif, car il reste les poules... Ça, pour elles tout va bien. La ville est envahie par les poules. Ces abrutis de coqs hurlent à toute heure du jour et de la nuit, ils sont complètement déréglés. Je les entends depuis mon lit pendant mes insomnies. Quand je me plains le matin à ma grand-mère elle me dit « ah bon, t'es sûr qu'il y a eu des coqs cette nuit ? Moi j'ai rien entendu ». Évidemment... Je ne réponds pas. Elle pense que j'invente, je le sais.

Le soir quand je rentre de mes petites vadrouilles, les gens du quartier sont déjà attablés sur leurs porches. Ils dînent à six heures ici, ce sont des monstres. Moi, à six heures, je commence seulement à évacuer un peu l'angoisse et à pouvoir travailler calmement... Si la faim ne venait pas ensuite si rapidement m'ôter mes facultés mentales, je pourrais vous écrire pendant des heures. C'est dommage. Dans le quartier, tout le monde me connaît. De toute manière toute personne en dessous de cinquante ans est une curiosité. Les gens me regardent avec intérêt, parfois aussi avec compassion. Je me demande quelles rumeurs circulent sur ma grand-mère et moi. Il faut dire qu'on entend tout d'une maison à l'autre, il suffirait qu'il y ait un francophone dans le voisinage et les bruits les plus horribles pourraient courir sur notre compte. Si par exemple quelqu'un comprenait ma grand-mère quand elle me crie :

« César, je me baigne à poil dans la piscine ! »

La vitesse à laquelle se diffusent les ragots est d'ailleurs quelque chose d'étonnant. C'est ce qui se déplace le plus vite, à Key West. Hier en revenant de ma promenade je me suis fait alpaguer par un couple très décati qui dînait sur son porche. On aurait dit deux perroquets, les deux étaient habillés en vert, et puis ils étaient tout penchés. Je les ai déjà vus dans le quartier mais je n'ai aucune idée de qui ils sont. Ils m'ont proposé des chips. Je me demandais comment j'allais me tirer de là. Au bout d'un moment le vieux perroquet m'a dit : « Alors il paraît que tu es écrivain maintenant ! »

Ils savent tout. Je me demande comment ils font. C'est sûrement les veuves qui sont derrière tout ça... Cela dit je préfère encore ces voisins-là à ceux de Paris. Eux au moins ils ne me donnent pas envie de tout arrêter et de retourner en courant à Sciences Po à chaque fois que je les croise, comme Mme Gibou.

En fin de compte c'est triste à dire mais la situation actuelle m'arrange plutôt. Comme il n'y a plus ni bars, ni boîtes, ni soirées, au moins je ne me sens plus coupable de ne jamais y aller. C'est la suspension officielle de tout ce que je fuis... Tout comme j'ai toujours rêvé qu'un pouvoir un peu autoritaire décrète l'interdiction de la sexualité. Ce serait génial. Je dirais à tout le monde *eh non, que veux-tu, depuis l'interdiction je n'ai plus de vie sexuelle...*

Bien entendu il m'arrive de penser que je ferais mieux de me mettre sur un site de rencontres, plutôt que d'attendre l'interdiction de la sexualité. Autrement à force de ne jamais baiser je risque peut-être d'avoir une sorte de grand court-circuit – et d'en mourir. Mais bon, à chaque fois que cette idée me traverse l'esprit je remets son exécution à une date ultérieure qui n'arrive jamais. *À mon retour à Paris, quand j'aurai fini mon livre, quand j'aurai vingt-quatre ans...* Pourtant si je décidais de me lancer je pourrais compter sur plein de gens pour m'aider. À commencer par mes tantes. J'y ai droit à chaque fois. « C'est super, les sites de rencontres, pour les gens timides comme toi ! Si tu veux on t'aide à t'inscrire ! On choisit tes photos ensemble ! » Probablement il va falloir que je cède un jour. Puisque je ne rencontre jamais personne dans le monde réel. Surtout ici, où l'âge moyen est de soixante-treize ans...

*

Au bout d'un mois au collège je n'avais toujours pas de meilleur ami ni de copine. J'espérais toujours. Mes tantes me demandaient : « Alors mon chou, tu t'es fait des copains ? — Oui, un peu », je répondais, et je changeais de sujet. Évidemment c'était affreux, le collège. Le pire c'était la récré. Quand on était en cours ça allait encore parce qu'il était plus ou moins normal d'être sérieux et de ne parler à personne. Mais les récrés, quelle horreur... Dès que ça sonnait ils dévalaient tous les escaliers et fonçaient dans la cour. Ils avaient hâte de redevenir eux-mêmes. Moi, je sortais en dernier. Tout était calculé. Je rangeais mes stylos un à un dans ma trousse, puis mes cahiers, puis je faisais semblant de chercher un truc sous la table... Quand les profs débordaient sur la récré j'étais ravi. Tout le monde râlait mais moi je regardais ma montre : déjà une minute de gagnée.

Bien sûr si j'avais pu je serais resté dans les escaliers. J'aurais pu souffler, protégé des regards. Mais il y avait le sinistre M. Yves qui rôdait partout. Une ou deux fois il m'avait attrapé en haut du grand escalier, assis tout seul sur une marche, et il m'avait menacé d'une heure de colle. « Il est interdit de circuler dans les couloirs, jeune homme, c'est dans le règlement intérieur. » J'étais donc forcé d'aller dans la cour exposer ma solitude.

À la limite, la récré du matin et celle de l'après-midi, ça restait gérable. C'était quinze minutes d'enfer, mais c'était seulement quinze minutes. J'avais des petits trucs pour m'en sortir. Je refaisais mes lacets, j'allais remplir ma bouteille d'eau, je faisais semblant de vérifier dans quelle salle on était alors que je connaissais mon emploi du temps par cœur depuis le premier jour... Mon emploi du temps et celui des autres classes, d'ailleurs. Non, ce qui était nettement au-dessus dans l'horreur, c'était la récré du midi. Une heure et demie à tenir.

Le chemin de la cantine était une première épreuve. Il n'y avait pas de cantine au collège, c'était un vieil hôtel particulier mal foutu. On allait déjeuner au lycée. Tous les midis c'était la procession, sur les trottoirs minuscules, jusqu'au portail du lycée. Les touristes nous prenaient en photo. Les mecs de ma classe s'amusaient, sur le chemin. Ils sonnaient aux interphones, volaient des fourchettes sur les tables des cafés... Je les enviais. Moi je marchais tout seul, rempli de honte à en craquer. Pour que les gens assis aux terrasses pensent que j'allais bien je souriais un peu.

Une fois qu'on était dans la cour du lycée, il restait une heure et demie avant la délivrance de la sonnerie. Il fallait survivre. Le plus souvent je tournais dans la cour en faisant comme si je cherchais quelqu'un. Parfois aussi pour paraître occupé j'allais lire le règlement intérieur qui était affiché sur une porte, ou alors j'allais quinze fois aux toilettes. Je n'y faisais rien, aux toilettes, je faisais juste semblant de me laver les mains ou de boire au robinet. Tout pour gagner du temps. En revanche même quand j'avais envie je n'allais pas aux toilettes pour de vrai. J'avais trop peur de l'entre-soi des mecs, les urinoirs, les blagues à la con, au secours. Je me retenais.

Là où vraiment je ne sais pas comment j'ai fait, c'est pour le réfectoire. C'est très infamant, au collège, de manger seul. « C'est le mec qui mange tout seul », chuchotaient les filles en me montrant du doigt. Je ne levais pas les yeux de mon plateau. Ma stratégie était d'attendre le moment où la cantine était la plus remplie. Comme ça, quand c'était plein, les seules places qui restaient étaient à côté des gens, et on ne voyait pas que j'étais seul. Ensuite je reprenais mon petit cinéma dans la cour. Par moments je croyais que j'allais devenir dingue, je ne savais plus quelle scène jouer. Les toilettes, déjà fait, faire semblant de chercher quelqu'un, pareil... Et on n'avait pas le droit aux téléphones ! Comme ç'aurait été bien avec un téléphone, j'aurais passé plein de faux appels. Enfin le cours de quatorze heures arrivait : je respirais.

Nouveau quartier ou pas, les gens ont donc compris que j'étais un extraterrestre. J'imaginais toujours mon meilleur ami, je lui chuchotais tout le temps, mais bon, je ne le trouvais pas. Je n'allais donc jamais avoir d'amis ? Il faut dire que question image publique je partais avec des handicaps lourds, au premier rang desquels figurait ma mère. Elle continuait à m'accompagner tous les jours au collège. Elle disait *qu'elle n'était pas rassurée par l'ambiance dans le bus,* mais c'était évidemment pour passer plus de temps avec moi. Dans la rue je marchais deux mètres devant elle. Ma mère a toujours eu du mal à comprendre que l'amour aussi peut être nocif. Comme cette fois où on était presque devant le portail et où elle m'a crié : « Si tu as faim tu as des noisettes et une banane dans ton sac ! » Il y a eu des rires à côté de moi, c'était deux mecs de ma classe. Par la suite ces deux-là sont souvent venus me voir à la récré en me demandant si j'avais mangé ma banane.

Au moins, j'avais plutôt de bonnes notes. J'étais surtout fort en dictée. Les examens de mon père avaient quand même un peu servi... « César, 20 sur 20 », annonçait la prof de français. Elle était fan de moi. J'étais content, je levais tout le temps la main. Comme mes tantes étaient en extase lorsque je leur montrais mes 20, criant que j'allais finir *ministre des Transports voire Premier ministre,* je pensais que les autres aussi m'admiraient. C'est plus tard que j'ai compris qu'être fort en dictée était au collège un des crimes les plus graves. À ce moment-là j'ai arrêté de lever la main... Ce qui me pesait le plus, c'était encore mes cheveux longs. Certes pendant un temps ça a été la mode et quelques mecs de ma classe les ont portés longs aussi. Cependant ça n'avait rien à voir, ils avaient de beaux cheveux blonds tout propres. Moi c'était les pellicules, les reflets luisants... Bien sûr au collège les gens ont fini par comprendre que j'étais un garçon. Quand même. Mais ailleurs, partout on me disait « mademoiselle » ou « jeune fille ». À chaque fois c'était comme un coup de couteau. Je ne rectifiais pas. J'avais trop honte d'être *celui qu'on avait pris pour une fille...* Vous allez me dire, pourquoi est-ce que je ne les coupais pas, ce qui m'aurait aussi évité de me plaindre ? Eh bien c'est pitoyable, mais j'avais trop peur du moment où en arrivant au collège on allait remarquer que je m'étais coupé les cheveux. J'avais honte d'avoir les cheveux longs mais j'avais encore davantage peur d'attirer l'attention sur moi en les ayant soudainement courts. C'était une de mes petites impasses. Au bout du compte je m'en suis sorti, grâce à l'intervention de ma grand-mère... Je vous raconte ça après. En tout cas vous pensez bien que les mecs de la classe s'en donnaient à cœur joie avec cette histoire de cheveux longs. Normal. Je ne compte pas les *Césarienne*, ou autres surnoms affectueux... Parfois quand je les croisais devant une porte ils s'effaçaient en me disant « les femmes d'abord ». Je répondais « ah ah, merci », et j'avais envie de me jeter par la fenêtre.

Un lundi soir vers la fin de la sixième, en rentrant chez mon père avec ma valise à roulettes, je suis tombé sur une dame qui sortait de la salle de bains. Inconnue au bataillon. Elle m'a dit bonsoir d'un ton sec. Elle était impressionnante, grande, un peu du genre laitière. *Qui c'est celle-là*, je me suis demandé. D'un air maussade elle s'est dirigée vers le salon. D'abord j'ai hésité, est-ce que je m'étais trompé d'appartement ? Puis je me suis dit *pas de panique, ça doit être une nouvelle belle-mère*. J'ai couru dans ma chambre pour cacher mes plans de villes, au cas où il faudrait lui faire visiter. Et je suis allé dans le salon. Mon père était sur le canapé avec la dame. En me voyant il s'est levé, l'air un peu embêté, et il m'a expliqué :

« Euh, César, je te présente Ursula... C'est ma nouvelle avocate. »

Je l'ai regardé de travers, je n'étais pas au courant qu'il avait des avocates. J'ai dit « euh d'accord ». « Elle dîne avec nous ce soir », a ajouté mon père. Je me suis dit que ça devait être normal de faire ça avec son avocate et je suis allé me servir un verre d'eau.

Le dîner a été très gênant. Je sais bien, c'est toujours plus ou moins gênant de dîner avec quelqu'un. Aujourd'hui je ne m'en étonne plus, mais à l'époque j'avais l'habitude que les belles-mères de passage me fassent au moins un sourire, me posent une question. Là non, on se tenait à carreau. Je n'ai même pas osé me resservir des pâtes. Mon père aussi se retenait, deux ou trois verres seulement. Je hochais la tête à tout ce qu'elle disait. Le lendemain, elle était encore là.

Quand ma mère m'a téléphoné après le collège, ce qu'elle n'a jamais oublié de faire une seule fois, elle aurait préféré perdre un bras que de ne pas m'appeler, je lui ai raconté :

« Voilà, hier soir j'ai dîné avec papa et son avocate... »

Ma mère a trouvé ça louche et a tout de suite informé ses sœurs. Moi j'étais plutôt content parce que comme ça j'échappais à la conjugaison. Quand il y avait des belles-mères mon père se calmait, donc ça devait être la même chose pour les avocates. C'était toujours ça de pris. Et puis ça me faisait aussi une pause dans les dîners entre potes. L'ambiance était devenue un peu plombante, surtout depuis l'histoire de la belle-mère du rectorat. À table mon père me répétait en boucle *que les femmes étaient toutes des folles.* Ensuite ça déviait sur ma mère, très souvent ça commençait par *tu sais, quand ta mère m'a foutu à la porte...* Pour tenir le coup je reprenais du chocolat. Mon père me racontait pour la millième fois la scène de la valise d'homéopathie qu'il avait trouvée sous le canapé. « Et encore, elle voulait te filer du gingembre, j'ai dû me battre. » Je ne savais pas encore pour Tom Olson, en revanche. *Et tu ne sais pas tout,* disait mon père.

Bref, donc l'arrivée de cette laitière, avocate ou pas, pour l'instant je n'étais pas contre. Plus il y avait de femmes autour de moi plus je me sentais dans mon élément. J'espérais juste qu'elle n'allait pas ramener ses enfants, parce que le coup de Stefano me restait en travers de la gorge.

Le troisième soir quand je suis rentré elle n'était pas là. « Ursula a des rendez-vous très tard », m'a chuchoté mon père d'un air de profond respect, comme s'il parlait du dalaï-lama. On a de nouveau dîné tous les deux. Il faudrait savoir, je me suis dit. Après quelques verres mon père a abordé la question frontalement, en vieux pote :

« Alors, tu la trouves comment ?

— Euh bah ouais, pas mal, j'ai hasardé.

— T'as vu, y a de quoi faire, quand même... Et puis niveau airbags... »

Ça, je me souvenais que airbags, c'était les seins. J'ai hoché la tête et j'ai dit « ouais, c'est sûr ». Mon père s'est marré puis m'a expliqué :

« Tu sais c'est pas vraiment mon avocate... T'avais compris, non ? C'est elle, pour l'instant elle préfère dire que je suis son client. Du moins au début... »

Peu à peu Ursula s'est installée chez mon père. La nouvelle s'est vite répandue dans la famille. Mes tantes me demandaient une photo mais je n'en avais pas, je me voyais mal en demander une à Ursula. Elle travaillait beaucoup. Elle avait un cabinet qui marchait bien, elle faisait du droit des affaires. « Comment on peut faire un boulot comme ça », disaient mes tantes quand on prenait le goûter. Elles buvaient une gorgée de thé et elles reprenaient :

« Les affaires, les affaires, y a que ça qui les intéresse. Y a que le fric !

— Et l'art, alors ! » déplorait ma mère.

Le soir quand Ursula disait qu'elle serait là à neuf heures il fallait compter plutôt dix. Lorsque enfin elle ouvrait la porte on entendait son gros pas faire craquer le parquet et elle nous criait : « Ah, les clients, les clients ! » Aussitôt mon père courait dans l'entrée pour l'aider à enlever son manteau. Il était très agité, en y allant il me lançait : « César, mets vite les serviettes et la carafe d'eau ! » Je me dépêchais. Bien sûr l'emploi du temps d'Ursula avait un inconvénient majeur, c'était qu'on crevait de faim. Mon père voulait absolument qu'on l'attende pour dîner. Il disait que c'était ça, former une famille. Le résultat était que dès sept heures on rôdait tous les deux dans la cuisine. Ça commençait par quelques noisettes. *Juste un petit casse-croûte*, il prétendait la bouche pleine. Mais rapidement les noisettes ne suffisaient plus : on entamait la baguette, on passait au saucisson. Je faisais des allers-retours. J'avançais un peu sur mes horaires de train, puis j'allais me faire une tartine. Parfois cela dit on craquait, je me souviens d'un soir où mon père a fini par déclarer : « Bon, si tu veux on se fait une petite omelette pour l'apéro. » On a mangé notre omelette comme deux voleurs. Dès qu'on entendait un bruit mon père sursautait, prêt à jeter son omelette par la fenêtre si jamais c'était la patronne qui rentrait.

Dans cette nouvelle famille là, mon rôle est vite devenu d'aller acheter le pain. Ursula avait simplement le rôle d'arriver en retard pour dîner. Mon père avait tous les autres rôles.

C'est à table un soir que j'ai appris qu'Ursula n'avait pas d'enfants. Je me le suis fait répéter trois fois, tellement c'était magnifique. Ça changeait tout. D'un coup je suis devenu très gentil avec elle. Le soir quand elle rentrait je lui proposais des massages, je la soutenais dans toutes les critiques qu'elle faisait à mon père sur la cuisson des pâtes ou le croquant des endives. D'accord, elle avait quelques côtés pénibles. Je ne pouvais pas nier. Son pas d'éléphant qui faisait trembler la commode du couloir tellement elle enfonçait le parquet, et puis ses histoires de liquide vaisselle... « Non, Ursula déteste qu'on nettoie les poêles avec du liquide vaisselle », paniquait mon père. Mais au fond elle n'était pas si terrible. En vérité ce que je me disais c'était qu'il valait mieux tout, plutôt qu'un nouvel arrivage de frères et sœurs. Donc je faisais campagne pour elle. Ça m'a duré quelques mois, ma mère était jalouse. Ma grand-mère aussi : « Oh, toi avec ton Ursula... »

Néanmoins mon enthousiasme est vite retombé. Tout est retombé, de toute manière, parce que c'était à l'époque où j'ai commencé à avoir mes insomnies. Ursula passait au second plan. C'était surtout la veille des cours de sport, que je n'arrivais pas à dormir. Le collège avait eu la sympathique idée de nous mettre un cours de piscine le lundi à huit heures, suivi d'un cours de sport le mardi à huit heures, pour bien nous achever. Je me suis longtemps demandé quel individu sadique avait pu imaginer ça. Vous n'allez pas me faire croire que c'est le hasard, il y a bien une intention derrière, une intention de nuire... Certes, tout le monde ne le vivait pas de manière aussi tragique que moi. Les mecs populaires prétendaient même qu'ils étaient ravis. « Vivement lundi et mardi », ils se disaient, et je me demandais jusqu'à quel point ils le pensaient.

Moi en tout cas, avec cette histoire de cours de piscine, impossible de m'endormir le dimanche soir. J'étais même de plus en plus angoissé parce que la nuit avançait et je voyais que je n'étais toujours pas endormi. En plus il y avait une phrase de ma tante Audrey qui me revenait toujours, à savoir *que si je ne dormais pas assez je risquais de couler.* J'avais bien essayé d'inverser mes jours et d'aller chez mon père le dimanche soir, pour être plus près du collège, et pour qu'au moins les enfants de Stefano ne sachent pas que les cours de sport m'empêchaient de dormir – et aussi, j'avoue, pour échapper aux *dimanches après-midi en famille* chez ma mère, échapper par exemple à ma demi-sœur Juliette qui piaillait toute la journée « allez on fait une activité »... Mais mon père m'avait dit que c'était trop compliqué. « Écoute, Ursula préfère qu'on reste tranquilles le dimanche. Tu la comprends, non ? »

Dès mon réveil le dimanche matin, je pensais à mon insomnie du soir. *J'avais peur de ne pas arriver à dormir.* Vu que je croyais que c'était le fait d'y penser qui me créait de l'insomnie je faisais tout pour chasser cette idée, mais bien sûr elle ne partait pas. C'est là que j'ai rencontré la *peur d'avoir peur de ne pas arriver à dormir.* Et ça, quand on se met à avoir peur d'avoir peur, c'est que ça va mal. En général il est temps d'aller consulter. Car on n'a toujours pas inventé ce fameux bouton « off » dont j'ai tellement rêvé dans ma vie... Même s'il est vrai que certains ont leur propre solution. Demandez à ma grand-mère, par exemple. À chaque fois que je vais la voir pour me plaindre de mon souffle coupé et de mes palpitations, elle marmonne :

« Oh t'as qu'à te prendre un Lexomil, et puis voilà... »

Moi, grâce au ciel, je suis trop peureux pour foncer dans l'eldorado des médocs. « Tu as tort, c'est un truc qu'on donne dans les Ehpad », me dit ma grand-mère.

Dans le vestiaire des mecs, à la piscine, l'humanité était divisée en deux camps : ceux qui avaient déjà leur maillot sur eux et ceux qui se changeaient devant tout le monde. Je ne vous ferai pas l'affront de préciser dans quel camp j'étais. Vraiment je ne comprenais pas comment les mecs populaires pouvaient se vanner, fesses nues, en parlant de la Ligue des champions... Je tournais vite la tête pour ne pas être surpris en train de regarder, ce qui aurait été pire que tout. Je fixais le sol. Le problème c'était surtout le second passage aux vestiaires, quand on sortait de l'eau, parce que là je n'avais plus le choix : je ne pouvais pas garder mon maillot mouillé, les autres s'en seraient aperçus. Je n'y coupais pas. Eux se changeaient debout avec leur serviette nouée autour de la taille. Ensuite ils restaient un peu en caleçon à ricaner et à bavarder, ça leur faisait comme une émulation de virilité, d'être en caleçon les uns devant les autres. Moi j'avais trop peur que le nœud se défasse et que je me retrouve ridiculisé pour l'éternité... Je m'asseyais puis j'enlevais mon maillot par-dessous ma serviette, péniblement. Parfois des traits d'esprit venaient m'encourager, un des mecs me lançait : « Eh César tu t'es pas trompé de vestiaire ? »

Cependant mon plus beau souvenir nautique reste le jour où j'ai oublié ma serviette. Quand je m'en suis rendu compte je me suis demandé si la vie valait encore la peine d'être vécue. Je suis sorti de l'eau en grelottant. Comme je n'avais personne à qui demander de l'aide, j'ai commencé à me sécher avec mon pantalon. J'essayais de sourire pour faire comme si ça allait. J'avais un caleçon dans mon sac mais sans serviette je ne pouvais pas envisager de me changer, j'aurais préféré mourir. Je me suis donc décidé à enfiler mon pantalon humide par-dessus mon maillot mouillé. Bien sûr ça n'a pas manqué, les autres s'en sont aperçus. « T'as vu, y en a qui gardent leur maillot, c'est dégueulasse. » Je n'ai pas levé la tête, j'ai juste rougi et par faiblesse je riais avec eux. Et là, je n'en suis pas revenu. Soudain un mec qui s'appelait Nils, un blond très beau dont toutes les filles étaient amoureuses, a lancé : « Arrêtez, ça se fait pas. » Silence dans le vestiaire. Il s'est avancé avec sa serviette, froidement. Il l'a tenue devant moi et m'a dit : « Vas-y, change-toi. » Les autres pouffaient dans les coins. Je n'étais qu'un assisté, c'était la honte absolue. J'ai enlevé mon maillot. Dans ma précipitation je me suis pris les pieds dedans, j'ai failli tomber. « Bon allez dépêche-toi », m'a dit Nils sans me regarder. Il était magnanime mais il avait une réputation à tenir.

J'ai enfilé mon caleçon. « C'est bon, merci », j'ai voulu murmurer à Nils, mais je n'ai pu que bredouiller. Il s'est éloigné. Ensuite pendant des jours j'ai imaginé que je le remerciais et qu'il répondait : *T'inquiète, c'est normal... au fait ça te dirait qu'on fasse un truc ensemble ce week-end ?*

C'est comme ça que dans ma vie imaginaire Nils est devenu mon meilleur ami. Bien sûr j'avais en réalité autant de chances d'être son meilleur ami que de devenir pilote de ligne. Pour autant j'espérais, et je le regardais tout le temps. Est-ce que je le regardais parce qu'il m'attirait ou parce que j'avais envie d'être comme lui, ça, c'était moins clair. Quand je le voyais serrer une fille dans ses bras ça me faisait un choc, je m'arrêtais, triste et hypnotisé à la fois. Je ne savais pas si j'avais envie d'être à la place de la fille et de tendrement serrer Nils dans mes bras, ou d'être à la place de Nils et de moi aussi serrer des filles dans mes bras, comme un homme digne de ce nom. Une fois j'ai pris mon courage à deux mains. C'était devant le collège. Des filles tout émoustillées s'étaient approchées et lui demandaient son numéro de téléphone. Je me suis dit que c'était l'occasion rêvée. Je me suis bravement joint au groupe et j'ai dit à Nils : « Excuse-moi, j'aimerais bien avoir ton numéro aussi, au cas où... », et puis ma voix s'est éteinte dans un bafouillis affreux. Nils m'a regardé bizarrement et m'a lancé son numéro très vite pour que je ne le retienne pas, et aussi pour me faire comprendre qu'il était préférable que je dégage. C'était sans compter sur mes capacités d'expert ferroviaire... J'ai réussi à retenir les chiffres, et j'ai enregistré Nils dans mon téléphone. J'ai mis une semaine à m'en remettre. Je restais des heures à admirer mon nouveau contact.

À partir de là quand mes tantes me demandaient si j'avais des amis je me suis mis à répondre :

« Oui, bien sûr que j'en ai... Mon meilleur ami s'appelle Nils, par exemple. »

À ce moment ma mère rappliquait et criait :

« Ah bon, comment ça se fait que je l'aie jamais vu ??

— Oh bah je sais pas, il habite assez loin... »

Du moment qu'on pensait que j'allais bien, c'était l'essentiel. Le reste je m'y faisais.

Mon amitié avec Nils était de plus en plus intense. Un peu plus tard c'est même pour faire comme lui que j'ai choisi l'italien. Aucune langue ne m'intéressait, je voulais simplement faire comme tout le monde. Si l'élite de la classe avait pris serbo-croate j'aurais pris serbo-croate. Enfin il est vrai que j'avais quand même quelques pressions de la part de mes tantes, depuis qu'elles s'étaient mis dans la tête que j'allais être diplomate. « Un futur diplomate comme toi doit faire chinois, c'est évident », elles me disaient en trempant des gâteaux dans leur thé. Il se trouve que ma belle-mère Ursula avait elle aussi commencé à me bassiner avec la diplomatie, *la Carrière, la voie royale,* et à me parler du chinois, ce qui fait que j'en étais même venu à soupçonner une alliance. « C'est le siècle de la Chine, César. » Au bout d'un moment pour avoir la paix j'avais donc promis à tout le monde de faire chinois. *C'est un petit génie,* disaient mes tantes. Mais il y a eu un changement de programme. Un jour en montant les escaliers du collège je me suis trouvé derrière Nils qui discutait avec une fille de la classe. Elle lui demandait :

« Alors tu fais italien, toi aussi ?

— Ouais, tout le monde va faire italien, j'crois, il a répondu.

— C'est normal, c'est pour le voyage scolaire ! »

Je me suis arrêté net. L'italien, c'était ça... Le soir même j'ai annoncé à ma mère et à mes tantes que je ferais italien. Ça a été une grosse déception. « Mais enfin mon chou c'est une langue morte, l'italien... Et ta carrière ? » J'ai tenu bon. J'ai prétendu que c'était pour le voyage scolaire que je faisais italien, alors que c'était évidemment *malgré* le voyage scolaire. Seul mon père a été positif. « T'as raison de faire italien, mon pote. Niveau filles c'est super malin. »

J'ai quand même continué à entendre parler de la diplomatie après ça, parce que Ursula ne m'a pas lâché. À table parfois elle se mettait à vouloir discuter de mon avenir et elle me demandait : « César, connais-tu au moins la différence entre un consul et un ambassadeur ? » En plus c'était au moment où elle a commencé à faire souvent venir sa mère à Paris, donc elles se mettaient à deux sur moi. Même si je ne suis pas là pour dire du mal de la mère d'Ursula. Elle dormait toujours chez nous, la vieille Allemande, et je devais m'installer dans le salon. Je m'endormais tard parce que j'entendais mon père faire la vaisselle dans la cuisine, jusqu'à pas d'heure.

À chaque fois qu'elle venait la mère d'Ursula m'offrait des cadeaux, c'est vrai, mais c'était des petits cadeaux stupides et déjà utilisés, du genre des agrafeuses trouvées dans ses tiroirs. Une fois elle m'a offert un livre pour enfants tout abîmé. Ça s'appelait *Hilda la brebis géante.* Je devais avoir treize ans et je regardais mes premiers films porno, je me suis demandé si elle se foutait de moi. Et elle était tenace. Elle voulait que je me serve de ses cadeaux. À sa visite suivante elle m'a demandé : « Alors, as-tu lu le livre que je t'ai offert ? » Ursula en rajoutait une couche, de son ton pincé : « J'espère que tu vas le lire, César. » Par moments j'avais envie de leur rappeler qu'elles étaient quand même chez moi, chez ma grand-mère maternelle, et que c'était un comble que je sois relégué dans le salon. Je projetais de mettre Stefano et la vieille Allemande ensemble dans une cabane, et de partir avec les clés.

Chez ma mère ce n'était pas mieux, c'était « les activités », toujours « les activités ». Le Time's Up. Antoine et Juliette adoraient par-dessus tout ce jeu atroce. Quand c'était mon tour de mimer j'avais envie de pleurer, j'étais incapable de mimer quoi que ce soit, et puis Antoine me regardait comme un animal. Une fois j'ai dû mimer un tracteur et tous se sont écroulés de rire, tellement j'étais nul. On a même arrêté la partie parce que dès que je faisais un geste ça déclenchait dix minutes de rigolade. Pour me soulager, je téléphonais à ma grand-mère. Je lui représentais Stefano sous les traits les plus cruels :

« En plus tous les dimanches il veut qu'on fasse une grande balade à vélo, tu te rends compte !

— Oh là là, quelle horreur », s'indignait ma grand-mère.

Sans parler des vacances. Jusque-là on ne m'avait jamais contesté le droit d'aller passer tout l'été dans le Vercors avec mes grands-parents et mes tantes. C'était ma dose annuelle d'inaction, je lisais *Tintin* en boucle et mes tantes enchaînaient les magazines. Mon grand-père était le seul à faire de l'exercice là-bas. Le matin il partait dans la montagne, malgré les avertissements de ma grand-mère qui se mettait en travers de la porte et lui prédisait une mauvaise chute. Il la contournait, il disait qu'il montait au col Saint-Romain. Je le regardais partir comme un géant. Je l'enviais. Ça me semblait être un endroit inaccessible, ce col, je me demandais si un jour j'allais faire des choses comme ça dans ma vie. Puis je me renfonçais dans les canapés à côté de mes tantes. Quand il rentrait de sa promenade j'étais déjà à table en train de manger mes ravioles. « Il avait trop faim, le petit », expliquait ma grand-mère.

Mais voilà, même ce bonheur si immuable on s'est mis à me le refuser : il a fallu passer des vacances en Italie avec *notre nouvelle famille*. On se tapait le trajet dans le van de Stefano. Évidemment Monsieur n'avait pas une voiture, mais un van. Ma mère trouvait ça super cool. Moi je faisais la gueule tout le trajet, coincé sur la banquette arrière entre Antoine et Juliette. *Les enfants*, ils nous appelaient, ce qui me révoltait, comme si je formais un tout avec ces créatures. Pour que ce soit encore plus cool, on écoutait de la musique, dans le van. Stefano mettait du rap, je savais à peine ce que c'était. Antoine et Juliette connaissaient toutes les paroles. Ma mère était aux anges, elle tapait dans ses mains et me criait : « Bah allez mon chéri chante, pourquoi tu chantes pas. » Le seul point positif, c'est que c'était moi qui faisais l'itinéraire. Vu que je connaissais toutes les routes de France par cœur. Depuis la banquette arrière je disais à Stefano « là tu prends la prochaine sortie ».

Une fois qu'on était arrivés, c'était pire. Stefano avait une petite maison genre Robinson Crusoé, au milieu de la forêt, pas loin du village de ses parents. « J'adore, c'est roots », disait ma mère. Il n'y avait pas l'électricité. Ce qu'il y avait à la place c'était des scorpions sur les murs. Je comptais les jours avant de retrouver mes *Tintin.* Bien entendu Antoine et Juliette étaient surexcités, eux. Parfois à la nuit tombée ils criaient « et si on allait faire une balade en forêt avec les torches ! ». Je disais : « Hein, mais ça va pas ? » J'espérais que ma mère allait rétablir le bon sens. Mais non, elle cautionnait toujours. « Oh oui, super idée !! » Elle cherchait à prouver à Stefano qu'elle n'était pas qu'un produit de la haute bourgeoisie mais aussi une aventurière, à l'aise dans les forêts. Elle me lançait : « Allez viens mon chéri, ne refuse pas toujours ce qui est nouveau ! »

Rien de nouveau en tout cas du côté de ma mandibule. Elle continuait à avancer pendant ce temps. De toute façon malgré mes prières le professeur Stambouli était toujours vivant et j'étais sûr que c'était lui le responsable, au fond. Certes il m'avait retiré mon masque de fer, mais il me laissait mes bagues. Un jour il a même suggéré à ma mère de me faire suivre par un podologue, en plus de tout. Il y avait soi-disant un rapport entre la mâchoire et les pieds. Heureusement ma grand-mère a pris ma défense : « Un podologue ? Mais vous allez finir par le tuer, ce gosse. »

C'est aussi grâce à ma grand-mère qu'est arrivé l'événement majeur de l'époque, celui que tout le monde attendait : vers la fin de la cinquième, je crois, j'ai coupé mes gras cheveux. Là encore elle m'a sauvé.

Ça s'est passé ici à Key West. Je venais pour les vacances et déjà dans l'avion il y a eu un premier incident. Comme je voyageais seul les hôtesses étaient aux petits soins pour moi. En dix heures de vol elles ont donc eu le temps de me *voir.* Pour autant lorsque je suis sorti de l'avion à Miami, l'équipage m'a lancé un grand : « Au revoir, Mademoiselle ! » Je suis resté debout. Ensuite pendant les vacances ça a continué. À la plage je sentais les regards des gens qui avaient un instant d'hésitation en me voyant en simple maillot, sans soutien-gorge, tout de même...

Un soir on est allés dîner en amoureux ma grand-mère et moi. Mon grand-père sortait, il jouait aux cartes chez Tom Olson. On s'est retrouvés dans un horrible restaurant à burgers que Sharon nous avait conseillé. « Elle n'a vraiment aucun goût, cette Sharon », râlait ma grand-mère. La serveuse s'est avancée vers nous avec les menus. Elle nous a regardés en souriant, et elle s'est écriée : « *Welcome, ladies !* »

Ça a été le coup de grâce. J'ai avoué à ma grand-mère que je n'en pouvais plus. « Mais évidemment », elle m'a répondu. Le lendemain matin on s'est mis dans le jardin. Elle a pris les ciseaux de la cuisine. Et de quelques coups agacés elle m'a transformé en garçon, en grommelant : « On m'aura tout fait faire... »

Enfin voilà, hormis sur le plan capillaire, ma vie ne décollait pas trop. Je continuais ma petite routine, entre mes deux familles. Cela dit il y a quand même eu quelques péripéties à cette époque, notamment la naissance de ma petite sœur. On en reparlera. Ça commençait à faire beaucoup de frères et sœurs, finalement, pour un fils unique. Ou encore, l'organisation historique d'un Noël chez ma grande sœur Violette. C'était la première fois que je passais Noël avec elle, et d'ailleurs la première fois que j'allais chez elle. Dans l'ensemble on en est sortis sains et saufs, à part les petites piques d'Ursula sur la déco et le discours habituel de mon père sur la famille. « C'est bien de vous connaître, mais moi j'ai jamais voulu d'enfants. C'est vos mères qui voulaient. La famille j'ai horreur de ça, horreur. » Violette le prenait au pied de la lettre et lui disait « merci, ça fait toujours plaisir ».

Pour le reste, rien de spécial. Je continuais à m'occuper de mes handicaps. Il n'y avait pas de médecin pour le nez mais j'avais suffisamment à faire avec les yeux et la mâchoire. Un jour, je crois que c'était en quatrième, on avait rendez-vous ma mère et moi chez le professeur Stambouli. J'avais peur qu'il insiste à nouveau pour le podologue. Je le haïssais plus que jamais, je me refaisais tout le temps la scène où je lui ordonnais de m'enlever mes bagues et où il m'obéissait timidement. On a mis longtemps à nous ouvrir. Finalement on est entrés. Les secrétaires pleuraient. « Qu'est-ce qui se passe ? » a demandé ma mère en se précipitant. Elles se sont avancées vers nous. « C'est terrible. Nous n'avons pas eu le temps de vous prévenir, elles ont dit. Le professeur Stambouli est mort. »

4

Ces jours-ci je m'arrache beaucoup de cheveux. En permanence je passe la main sur ma table pour les enlever. Je réfléchis à en faire un herbier. En fin de compte même si j'avais réussi à aller jusqu'au grand oral de l'ENA, sans parler de ma capacité à me démarquer, ils m'auraient certainement stoppé, à cause de mon tic.

J'ai pensé à ça il y a quelque temps. Le jour où j'ai reçu un mot de mon ancienne cheffe de stage, celle du ministère, qui me disait : « Alors César, vous avez réussi vos concours ? » D'ailleurs je ne lui ai toujours pas répondu. J'ai des pics d'autisme téléphonique qui peuvent durer longtemps. Sur mon bureau je mets des post-it avec les noms des gens que je dois rappeler depuis trois mois. Souvent les post-it m'angoissent tellement que je pose des choses dessus, des tasses à café par exemple. Ça m'apaise un peu, mais malheureusement la tasse à café finit par jouer le rôle du post-it, ça devient donc aussi angoissant, et alors j'enlève à la fois la tasse et le post-it, dans un élan de panique. Là ça va beaucoup mieux. Un peu plus tard, je me ressouviens de la personne que je n'ai jamais appelée. Je réécris un post-it... Au fond qu'est-ce que vous voulez que je lui réponde, à ma cheffe de stage. Elle qui avait écrit sur ma fiche *César est destiné à une très belle carrière dans l'administration...*

Ma carrière a connu un démarrage musclé lorsque j'ai eu six et demi en culture générale au concours de l'ENA. « Agir selon l'opinion », c'était le sujet, les bras m'en sont tombés. Toute une semaine on devait venir dans un grand hangar déprimant pour *disserter*. Le surveillant général se prenait pour une sorte de pharaon, il nous regardait comme des veaux depuis sa tribune et avant chaque épreuve il répétait : « Le nombre de places ouvertes au concours est de quarante. » En entendant ça toute personne normalement constituée se serait levée et serait partie boire un coup en terrasse, voyant qu'on était mille. Mais non. Personne ne bougeait. Chacun se disait *après tout j'ai une chance d'être le quarantième, sur un coup de bol...* Même moi je me disais ça, ce qui est un comble étant donné que j'ai passé l'année de prépa à lire les Rougon-Macquart au lieu des cours de droit public. Pour ça, c'est sûr, si le sujet de culture générale avait été « Parlez-nous du personnage de Mme Poisson dans *L'Assommoir* », j'aurais peut-être pu viser neuf ou dix... Mais on n'avait jamais de vrais sujets.

Le pharaon mettait dix minutes à nous lire ses consignes, on les connaissait par cœur, puis il finissait par lancer à ses sbires : « Bien, mesdames et messieurs les surveillants, vous pouvez distribuer les sujets. Et n'oubliez pas : face retournée ! »

Alors tout un peuple de petits retraités craintifs s'élançait entre les tables, l'air affolé, pour nous distribuer les sujets. Celle qui officiait dans ma rangée était toute chétive et se chuchotait à elle-même *face retournée, face retournée*. Il n'y avait plus aucun bruit dans le hangar. Une fois que les vieux étaient revenus à leurs postes le pharaon s'éclaircissait la gorge et demandait : « Qui n'a pas de sujet ? Levez la main ! » Personne ne levait la main. Il savourait encore quelques instants sa puissance, puis enfin, presque à regret, il déclarait :

« Il est 13 h 36... Vous pouvez retourner les sujets. Vous avez jusqu'à 18 h 36. »

Pour l'épreuve de culture générale il a ajouté « bonne chance », mais pour les autres on pouvait aller se faire voir. Aussitôt à travers le hangar on entendait mille feuilles de papier retournées frénétiquement. Chacun priait pour que le sujet porte sur la dernière fiche qu'il avait lue, mais ça n'arrivait jamais. À chaque fois l'École trouvait le moyen de nous surprendre. Enfin je dis *nous*... Moi tout me surprenait, de toute manière, vu que j'étais complètement à la masse. Mais les autres en chemise, avant les épreuves, tenaient des conciliabules où ils se chuchotaient : « Là c'est sûr que ça va tomber sur la politique monétaire, avec ce qui se passe au niveau de la BCE... »

Pour autant ça tombait toujours sur autre chose. Il y avait d'abord un instant d'effroi. Mais tout de suite ils se ruaient sur leurs feuilles de brouillon, je les voyais tracer des colonnes dans tous les sens. Mon approche était différente. Je commençais par boire une gorgée d'eau. Puis je me plongeais dans ce qui était mon moment préféré du concours : le remplissage des en-têtes. J'adorais ça, les en-têtes. Nom, prénom, numéro de table... Je remplissais tout avec application. Quand c'était fini je regrettais qu'il n'y ait pas d'autres numéros à mettre. Pourquoi la partie secrétariat n'était-elle pas mieux valorisée ? Souvent quand la tentation était trop forte je numérotais mes pages dès le début, avant de les avoir écrites. Tout ce qui est secrétariat me plaît beaucoup. C'est peut-être comme ça que ça va se terminer, finalement. D'ailleurs si je décidais de me lancer j'aurais sûrement des opportunités d'embauche, et en particulier dans ma famille. Ma grand-mère m'a proposé plein de fois de m'engager comme secrétaire. « Je te paierais, mon pauvre lapin. »

Le quatrième jour on avait l'épreuve de questions sociales. C'était la matière que j'avais sacrifiée. Je n'avais jamais ne serait-ce qu'ouvert un manuel, je n'étais pas allé aux cours non plus, ils tombaient aux heures où j'allais à la piscine. Je m'étais dit *questions sociales ça a l'air bidon, du moment qu'il y a social dedans...* C'était dramatique. Il fallait faire une « note pour Madame la Ministre » sur les conditions de protection sociale de je ne sais quoi. Je n'avais rien à dire. J'ai écrit « Madame la Ministre », et ensuite pendant une heure j'ai regardé dans le vide en mangeant des noisettes. Je sentais l'angoisse gagner du terrain. Petit à petit, le mal de ventre s'est installé. C'était le mal de ventre de type « gargouillement infernal », un syndrome que j'ai souvent. Mon ventre se met à faire toutes sortes de bruits. Ça se déclare en général dans les moments de très grande panique, concours ou bien moments de ma vie où je me suis retrouvé seul dans un lit avec une femme, par exemple. C'est surtout que là dans le hangar j'étais encerclé, des candidats partout autour de moi, penchés sur leurs copies. Mon intestin était de plus en plus bruyant. Que faire ? J'ai essayé tout ce que je pouvais. J'ai bu beaucoup d'eau, j'ai tenté les chewing-gums, les jambes croisées, décroisées... Autant vous dire que la note pour la ministre passait au second plan. Je suis même allé aux toilettes pour me calmer. Mon ventre s'est tenu sage pendant que j'y étais mais dès que je suis revenu au milieu du grand silence concentré, il a repris son concert. On devait m'entendre à six ou sept mètres. Je me tortillais sur ma chaise. Finalement vers la moitié de l'épreuve le mec à ma droite a tourné la tête une fois de plus et là j'ai décidé que je n'allais pas survivre plus longtemps à la honte de mes bruits. J'ai fait signe à la surveillante que je m'en allais. Elle m'a regardé avec compassion. « Ça ne vous a pas inspiré, on dirait », elle a chuchoté.

En sortant, pour ne plus revivre ça j'ai décidé qu'il fallait viser autre chose que l'ENA. Mais attention : je me suis mis en tête *de me trouver un autre concours.* Je n'avais pas encore compris que le problème était le principe du concours lui-même. Je continuais à vouloir choisir ma vie dans le catalogue de vies toutes prêtes que sont les concours. Ils m'offraient ce que je cherchais : plus aucun choix à faire, tout écrit à l'avance. *Dans un an je ferai ça, je serai payé tant, puis dans dix ans je serai là.* Retraite d'office à soixante-sept ans... Le paradis, quoi. Et donc, c'est dans cette quête d'un cadre que j'ai commis mon coup d'éclat final. Ça s'est passé juste quelques semaines avant que je m'enfuie de Sciences Po le soir de ma grande crise cardiaque, et que je comprenne définitivement la leçon. Au début je m'étais promis de ne pas le raconter, mais je me décide à vous en dire un mot.

J'étais chez moi, je faisais des recherches pour mon avenir. En lisant un article j'ai découvert qu'on pouvait entrer à la DGSE sur concours. Eh bien, incroyable mais vrai, j'ai décidé de devenir espion. Comme ça, d'un coup. Je me disais *oui, espion, au fond c'est ce que j'ai toujours voulu faire... Voilà enfin le concours qu'il me faut...* Ça a dû me faire ça trente fois, mais à chaque fois je tombe dans le panneau. Surtout j'ai vu qu'il existait un concours spécial russe. C'était le rêve. Ma vocation était trouvée. Quand j'ai annoncé ça à ma mère j'ai cru qu'elle allait tomber dans les pommes :

« Quoi, espion ? mais mon chéri c'est beaucoup trop dangereux !!

— Tu m'encourages jamais », je lui ai répondu.

Immédiatement, sans écouter les mises en garde de ma pauvre mère, j'ai foncé dans le concours de la DGSE. Les témoignages que je lisais sur des stages d'immersion en Afghanistan ou des choses comme ça ne m'ont pas arrêté, je me disais *super, ça te fera du bien, il est temps de te dégourdir.* J'ai fait tout le dossier d'inscription en une journée. Je raffole des dossiers d'inscription, c'est comme les en-têtes. Les formulaires, les signatures... Il me fallait aussi des photos d'identité. Je suis allé au photomaton dans le couloir du métro Montparnasse. Il y avait des courants d'air affreux qui soulevaient le rideau, je le tenais de toutes mes forces pour ne pas qu'on me voie. J'ai recommencé quatre fois. Je trouvais que j'avais l'air trop fou. Le problème avec les photos c'est qu'elles font toujours ressortir mon côté tordu. En remontant chez moi avec les photos, j'ai croisé Mme Gibou. Elle m'a coincé entre deux étages et m'a lancé : « Alors César, il paraît que vous entrez dans les services secrets ? » Je me suis dit *mais comment elle peut savoir, la vieille,* puis j'ai compris que ma grand-mère n'avait pas pu s'empêcher et que tout le quartier était sûrement au courant.

« Oui madame Gibou, mais il ne faut pas le dire. C'est un secret, vous comprenez.

— Oh soyez tranquille César, je serai muette comme une carpe. Vous me connaissez. »

J'ai choisi le moins pire de mes quatre jeux de photos et j'ai envoyé le tout à « Ministère des Armées – bureau des concours ». J'en avais la chair de poule. Je n'aurais jamais cru écrire même une seule fois dans ma vie au ministère des Armées. Mais à présent tout ça me semblait logique. Je devenais un homme. La vie commençait, enfin. Encore quelques mois et j'allais être envoyé à Moscou sous un nom d'emprunt.

Le concours arrivait vite. J'ai décidé de m'y consacrer entièrement. Il fallait surtout que je travaille le russe parce que depuis mon retour de Saint-Pétersbourg j'avais beaucoup perdu. J'ai essayé de lire la presse, au kiosque en bas de chez moi je prenais le seul journal russe qu'ils avaient et j'allais le lire au square. Ça ne marchait pas. Mes yeux lisaient mais les mots traversaient mon esprit sans y rentrer. J'étais uniquement occupé par ce qui se passait autour de moi, les bruits, les rires, les regards que je sentais sur moi. Je ne restais pas longtemps. Je rentrais frustré de n'avoir pas pu jouer le rôle que je m'imposais. Rapidement, j'ai décidé que ça n'allait pas et qu'il me fallait des cours intensifs de russe. C'est là que ça dérape.

J'ai cherché sur internet « cours particuliers de russe pour concours » et je suis tombé sur un institut très chic, pas loin de chez moi. Ça avait l'air sérieux. Ils proposaient exactement ça, cours de russe pour concours. Les prix étaient terrifiants mais ma grand-mère m'a donné son accord d'un air fataliste. J'ai téléphoné. Une dame avec un fort accent russe a décroché, je lui ai expliqué que je préparais un concours.

« Oui, c'est pour quel concours ? a demandé la dame. Le CAPES ?

— Euh, non... C'est... C'est pour la DGSE. Filière russe. »

Je doutais quand même un peu de ce que j'étais en train de faire. Il y a eu un silence. « Ah d'accord », a dit la dame. Elle a répété « d'accord ». Je lui ai demandé si c'était bon, elle m'a répondu « oui, bien sûr », avec un rire très faux. « Je vais prendre votre nom, votre date de naissance et votre adresse. Il me faudrait aussi une photocopie de votre passeport. » Ça ne m'a pas inquiété, je me suis dit que c'était normal. Elle a raccroché en me promettant des nouvelles rapidement.

Quelques jours ont passé, toujours rien. Au bout d'un moment j'ai tapé le nom de l'institut sur internet, pour me renseigner. Et alors j'ai découvert que c'était un institut piloté par l'ambassade russe à Paris. Oui... Autrement dit j'ai téléphoné à l'ambassade pour leur dire *bonjour, je m'appelle César, je m'apprête à vous espionner secrètement.* Quand j'ai compris ça je me suis effondré sur mon canapé et je n'ai plus bougé pendant une journée. Inutile d'aller au concours, tout était foutu. Mon nom était certainement déjà sur liste rouge. Je m'imaginais au grand oral, au moment où on me demandait à qui j'avais dit que je passais le concours : *Oh à personne, à part à l'ambassade de Russie, mais sinon à personne.*

C'est donc comme ça qu'a pris fin ma carrière dans l'espionnage. À peine un mois après avoir vu le jour, elle s'est retrouvée au cimetière de mes projets exaltés et éphémères. Il y a du monde, là-bas... Elle y a retrouvé la diplomatie, la magistrature, ma vie rêvée de conducteur de bus, ma carrière de pilote de ligne, le cinéma, la psychanalyse, les affaires maritimes... J'espère juste que l'écriture n'y sera jamais, sinon là je pense que j'irai me pendre.

*

À Key West il fait de plus en plus chaud. Ma grand-mère se barricade dans la clim. Parfois elle sort le bout de son nez dans le jardin mais tout de suite elle crie « oh là là mais c'est épouvantable », et elle referme la porte. Concernant le virus, ils ont pris des mesures drastiques. D'abord, ils ont fermé la grande plage. Tout le monde s'est massé sur les autres plages. Puis ils ont fermé toutes les plages, sauf les plages pour chiens. Tout le monde est allé sur les plages pour chiens. À la fin ils les ont fermées aussi, et maintenant on ne peut plus du tout aller à la plage. Moi ça me va, de toute façon je n'y allais plus à cause des requins. Là où ils ont frappé fort, en revanche, c'est qu'ils ont aussi fermé le musée des papillons, c'est-à-dire le haut lieu culturel de la ville. Il y a eu des protestations dans l'intelligentsia locale, Tom Olson a même parlé d'une pétition. Ça n'a rien donné. De mon côté ma victoire a été de réussir à suspendre les dîners avec les veuves. Ça n'a pas été facile, mais à présent nous restons entre époux le soir. « Non, désolée, ce soir on va dîner en amoureux », leur explique ma grand-mère.

Bien entendu avec tout ça notre retour à Paris est de plus en plus incertain. Ma mère me téléphone en sanglotant. « Si ça se trouve vous n'allez jamais pouvoir rentrer... Tu manques tellement à ta petite sœur. » À chaque fois que je reprends des billets on me les annule. Au début ça devait être mi-avril, puis fin avril, maintenant je prévois début mai... La dernière fois que j'ai téléphoné, on m'a dit : « Votre temps d'attente est estimé à dix heures. » Alors, il y a quelques jours j'ai commencé à me pencher sur la piste maritime. Après tout, pourquoi est-ce qu'on ne rentrerait pas en bateau ? On a le temps, maintenant que je suis à la retraite. D'autant plus qu'avec la fonte des glaces il n'y a plus d'icebergs, c'est bien, tout ça. L'Atlantique est devenu très sûr. Ce n'est pas comme leurs maudits Boeing... J'ai tâté le terrain auprès de ma grand-mère. Elle m'a semblé plutôt enthousiaste. « Oh écoute ça m'est égal », elle a marmonné, avant de se replonger dans une vidéo de perroquets écoutant de la musique. J'avais le champ libre.

C'est là que j'ai découvert qu'on pouvait faire des voyages en cargo. *Partagez l'intimité de l'équipage*, disaient les brochures. Ça c'est du marketing. Je m'y voyais déjà. Je laisserais ma grand-mère descendre son bourgogne avec le commandant de bord, et pendant ce temps j'irais partager l'intimité de l'équipage. Il faudrait simplement veiller à raccompagner Madame à sa cabine le soir, pour éviter qu'elle ne roule dans les escaliers ou passe par-dessus bord. Mais sinon, ça allait être un voyage délicieux. De l'intimité, enfin... Malheureusement hier j'ai fait deux tristes découvertes. D'abord, il y a eu un coup de tonnerre : *l'alcool était interdit à bord.* « Quoi ? » a hurlé ma grand-mère.

« Si c'est comme ça c'est hors de question », elle a ajouté, avant de se mettre à râler *que c'était quand même incroyable, de nos jours,* etc. J'ai continué ma lecture. Et là, à ma grande stupeur j'ai appris *qu'il n'y avait pas de médecin à bord.* Autant vous dire que j'ai vite changé de discours : « Ouais t'as raison c'est n'importe quoi, ces cargos... »

On n'est pas près de partir, pour l'instant.

Le matin quand mon réveil sonne il fait déjà très chaud. Je fais exprès de ne pas tirer mon rideau, comme ça j'ai un rayon de soleil dans les yeux qui me force à me lever. Je traverse le jardin jusqu'à la machine à café et je m'installe dehors, avec mes cahiers. Vers neuf heures ma grand-mère fait son apparition. Je l'entends soupirer de loin. Avant d'entamer la descente de son escalier elle se marmonne *allez ma fille, ne te laisse pas abattre de si bon matin.*

« T'as dormi ? » elle me demande en arrivant, car *t'as bien dormi* est trop optimiste.

« Pas mal, et toi ?

— Oh moi je sais pas, je suis complètement aplatie... »

Avec le cours de yoga de la voisine se déclenche ensuite la grande difficulté de la matinée. Puisque tout est fermé, la voisine le fait depuis sa terrasse, son yoga, volume sonore au maximum. C'est comme si on était avec elle. Quand par la télé de la voisine on entend la prof de yoga crier « *now, let's take a deep breath* », je prends mon café et mes cahiers et je m'enfuis à mon bureau. Ma grand-mère n'est pas aussi lâche, elle reste. Elle y met même un point d'honneur parce qu'elle déteste la voisine, *cette sale bonne femme,* comme elle l'appelle. Dès que le cours de yoga commence, elle engage la lutte et elle met de l'opéra à fond. La prof de yoga à travers la télé hurle « maintenant, détendez-vous » et ma grand-mère pour riposter monte encore le son de *La Traviata*, enfin c'est une ambiance d'apocalypse.

Voilà, c'était pour vous dire un peu comment ça se passe ici. Vous savez j'ai réfléchi et il me semble qu'on ferait bien de sauter la fin du collège. On va avancer, il y a des choses auxquelles j'ai hâte d'arriver.

*

Quand j'étais au lycée, les premiers temps j'ai fait semblant de fumer des clopes à la récré. Les autres se foutaient de moi, ils me disaient « mais César tu sais même pas fumer, tu crapotes ». Je protestais « non non je crapote pas ». Crapoter ou pas crapoter je ne comprenais même pas ce que ça voulait dire, ça me désespérait juste de voir que même quand je faisais comme tout le monde je trouvais toujours le moyen d'être à côté de la plaque.

Je sortais acheter mes paquets de clopes le mercredi après-midi. Je disais à mon père que j'allais *voir des potes*, pour qu'il répande le bruit que j'avais des potes, et je partais. J'allais à l'autre bout de Paris. Je me méfiais du tabac du coin, ils connaissaient mon père. Dans le dix-huitième je m'étais repéré un tabac qui me plaisait, un peu vieillot, et j'y allais en prenant deux ou trois lignes de bus, c'était l'aventure. Toujours des Marlboro parce qu'il me semblait que c'était le truc qui risquait le moins de me faire passer pour un con. En sortant mon cœur battait, j'avais l'impression qu'à tout moment les flics ou bien ma mère allaient surgir et me coincer. Ensuite avec mes cigarettes dans ma poche je partais me promener dans Paris. Je faisais visiter la ville à un ami imaginaire.

De temps en temps aussi, pour essayer d'apprendre à fumer correctement, je m'arrêtais dans les squares. Le jour où j'ai enfin compris qu'il fallait avaler la fumée j'ai fini toute la cigarette d'un coup et ma tête s'est mise à tourner. J'ai cru que j'allais tomber du banc tellement j'ai eu le tournis. Ensuite je suis resté une heure assis sur mon banc, complètement sonné. Le soir quand je rentrais de mes petits voyages mon père me demandait « alors, c'était bien avec tes potes ? ». Je disais « ouais c'était cool ».

Je progressais, quand même. J'ai réussi après quelques semaines à me faire une place dans un groupe de gens qui venaient d'autres collèges et qui donc n'étaient pas au courant de mes antécédents. Même si dans l'ensemble je les laissais indifférents, même si quand ils discutaient des soirées auxquelles je n'étais pas invité c'était un peu gênant, grâce à eux j'ai pu dire au reste du lycée : *regardez, j'ai des amis.* Bien sûr pour m'intégrer je devais prendre quelques distances avec la vérité. Je disais que je me tapais des meufs, que je suivais la Ligue des champions... Ça restait des détails.

Au lycée je travaillais très peu et globalement je faisais ce que je voulais, chez moi personne ne vérifiait si j'ouvrais mes cahiers ou non. « César c'est mon pote, je lui fais confiance », disait mon père. Par miracle je me maintenais quand même à flot, sauf dans les matières scientifiques, où la chute a été brutale. Cela dit ce n'était pas trop grave parce que c'était assez bien vu dans la famille d'être nul en maths. Quand j'annonçais à mes tantes que j'avais six de moyenne elles s'écriaient : « Oh mais c'est déjà pas mal, écoute ! » Si je ne faisais rien au plan scolaire, en revanche je travaillais beaucoup par ailleurs. À cette époque j'étais très occupé par un archipel que j'avais inventé dans l'Atlantique. Il était à la hauteur du Maroc, pour qu'il y fasse bon l'hiver. Je le dessinais dans les moindres détails, je mettais les villes, les montagnes, tout. Surtout ce qui m'absorbait c'était le grand aéroport que j'organisais dans le nord de l'archipel. Je faisais tous les horaires de tous les vols. Je me décarcassais pour que l'horaire du vol de Bordeaux permette une correspondance avec celui de Kansas City, je me disais que cette super opportunité allait attirer les foules. Inutile de dire que je cachais tout ça au fond de mes tiroirs. Malheureusement une fois ma mère est entrée dans ma chambre sans toquer et m'a trouvé allongé par terre au-dessus de la carte de mon archipel. Je n'ai pas eu le temps de la planquer. « Ah tu fais encore tes plans », elle m'a dit, un peu inquiète. Pendant que je sombrais dans la folie, mes petits camarades sortaient le week-end. Tous faisaient leur *première fois* les uns après les autres. Ça me terrifiait, pourquoi le monde allait-il aussi vite ? Je rêvais qu'il était normal de rester puceau jusqu'à trente, trente-cinq ans, pour qu'on ait le temps de voir venir. Je disais aux autres *non mais tu sais il ne faut pas se précipiter.* J'espérais que je n'allais pas être le dernier du lycée.

À un moment je ne sais plus trop quand il y a eu un mouvement de grève et le lycée a été bloqué pendant plusieurs jours. Il n'y avait pas de motif clair, on bloquait le lycée pour lutter contre les violences policières, contre la loi machin, contre l'expulsion des sans-papiers alors que deux mois avant on savait à peine ce qu'était un sans-papiers. Pour faire comme tout le monde j'essayais de jouer au mec politisé. Mes tantes m'encourageaient. « Oh là là, les pauvres sans-papiers », elles se lamentaient quand on allait déjeuner place des Vosges. Mais bon, malgré tout je suivais la révolution d'assez loin. Du moment que ça me faisait rater le contrôle de maths, c'était l'essentiel. Le soir je recevais des messages me donnant rendez-vous à cinq heures du matin pour aller chercher les poubelles et les entasser devant le lycée, mais je ne les ouvrais pas. Je me pointais vers dix heures et je constatais que le lycée était bloqué. Je n'allais pas non plus manifester, ma grand-mère et son amie Régine m'avaient bien recommandé de ne jamais aller dans une manifestation. *Dieu sait ce que ces gens-là sont capables de faire.* Le cortège partait d'un côté et je m'enfuyais de l'autre, en faisant comme si j'avais oublié quelque chose.

En tout cas c'est pendant cette insurrection que j'ai rencontré ma première amoureuse. Une fille de la classe est venue m'apprendre que je plaisais à sa copine. Vous imaginez le choc... Je me disais *ça y est.* La copine m'a dit que si je voulais on pouvait aller à la manif tous les trois. J'ai un peu bafouillé et j'ai proposé d'aller plutôt prendre un café. L'amour, d'accord, mais la sécurité avant tout.

Le jour de la rencontre est arrivé. Une fille s'est avancée vers moi. Je me suis dit *tiens ça doit être mon amoureuse, qu'est-ce qu'elle est jolie !* Bien sûr je n'étais pas plus ému que si ça avait été un camion-poubelle ou un moineau, mais puisque je lui plaisais, c'était qu'elle devait me plaire aussi. J'ai essayé de bien jouer mon rôle. Je lui faisais mon regard profond à deux balles, mes petites allusions...

Et puis je racontais n'importe quoi. « Moi je pense que ce qu'il y a de mieux c'est les relations libres. » Évidemment, c'est facile d'être pour les relations libres quand on sort avec un moineau. Et alors, là où j'ai vraiment dépassé toutes les limites, c'est que j'ai prétendu que je faisais des sports de combat. « Ouais, je m'y connais pas mal en sports de combat. » La dernière fois que j'en avais fait c'était au fameux tournoi de karaté quand j'avais douze ans... Ça avait été un grand moment, ce tournoi, toute ma famille était venue me regarder terrasser mes adversaires. Enfin à vrai dire mes tantes du début à la fin étaient restées penchées les unes contre les autres, à comploter contre Ursula qui était venue en fourrure et talons alors que c'était un dimanche matin. Au bout du compte tout le monde était passé ceinture jaune sauf moi. Antoine m'avait ensuite nargué avec sa ceinture pendant des semaines, il se la mettait autour de la taille pour dîner. Bref, donc le ridicule ne m'empêchait pas de raconter à Noémie que j'étais fort en karaté. Ça a duré quelque temps comme ça. Je la draguais parce que j'étais censé la draguer. Dans ma tête je calculais : *Là normalement je devrais faire ma première fois d'ici deux ou trois semaines, maximum. Ce sera tellement bien ensuite.* Je ne me disais jamais *ce sera tellement bien pendant.*

Assez rapidement le bruit de notre amour s'est répandu au lycée. Au début on a cru que c'était un autre César, d'autant plus que Noémie était une des filles les plus convoitées de toutes les secondes. Mais non, c'était bien moi. Les gens n'en revenaient pas. Moi non plus. Je débarquais à peine du collège où je n'étais qu'un insecte, et là soudainement j'avais une amoureuse... C'était la gloire. Cependant on voyait bien qu'il y avait un problème, je n'avais pas non plus l'air de déborder de passion pour elle. Les choses en restaient là. On ne s'était même pas encore ne serait-ce que pris la main.

« Et c'est quand que tu la baises ? » ont commencé à me demander les mecs de ma classe. Je devenais tout rouge et je répondais « euh bah bientôt, je pense ».

Bien entendu je n'avais aucunement le projet de baiser Noémie, j'avais simplement celui de l'avoir fait. De l'avoir fait et de l'annoncer aux autres. Sans cesse je m'imaginais la scène où je disais à ma mère ou à Antoine : *Je te présente Noémie, c'est ma copine.* Les autres scènes, je ne me les imaginais pas. Par moments Noémie me demandait : « Mais est-ce que tu es vraiment amoureux de moi ? » et je répondais « euh bah ouais », comme si elle m'avait demandé *mais est-ce que tu aimes vraiment les pâtes ?*

Comme j'étais vraiment amoureux, on a fini par être vraiment ensemble. Noémie est allée annoncer à tout le monde *cette fois avec César c'est officiel.* Un jour je me suis à nouveau retrouvé au café avec elle et sa copine. Je pense que j'avais vingt-cinq de tension, je commençais à mesurer avec effroi les conséquences de ce qui se passait. Tous s'attendaient à une concrétisation imminente alors que moi je ne savais même pas comment mettre une capote. Maintenant que la première fois était quelque chose de réalisable, je n'en avais plus du tout envie... Je regrettais qu'on ne puisse pas faire sa première fois sans vraiment la faire. Je ne m'étais encore jamais déshabillé devant personne, rendez-vous compte...

À cela il y avait des raisons. Je me permets de vous dire un mot de mes boutons dans le dos. C'était mon problème numéro un, parmi mon groupe de problèmes numéro un. J'avais un certain nombre de boutons dans le haut du dos. Dès que j'étais torse nu, ce qui heureusement était rare, je me mettais de face pour que personne ne voie mon dos. L'été à la rivière ça donnait des situations complexes. D'abord je ne pouvais jamais me faire bronzer le dos, d'où une colorisation plutôt ratée, et d'où aussi un risque accru de coups de soleil sur le nez – on en revient toujours au nez. Mais surtout quand je quittais ma serviette pour aller dans l'eau je devais marcher à reculons, pour que ma mère et mes tantes ne remarquent rien. « Mais mon chéri pourquoi tu marches toujours comme ça ? » me demandait ma mère. Et lorsque j'avais une tante dans l'eau et les autres sur leurs serviettes, là je ne pouvais plus bouger, à moins de creuser un tunnel dans le sable.

J'ignorais donc s'il était possible de coucher avec Noémie sans qu'elle se rende compte de mes boutons. Or s'il avait fallu choisir j'aurais nettement préféré rester puceau jusqu'à la fin des temps, plutôt que de révéler à quelqu'un que j'avais des boutons dans le dos. Enfin vous voyez, c'était loin d'être gagné, cette histoire. Et puis je me demandais si j'allais devoir garder mes lunettes ou pas. C'était peut-être raisonnable de les garder, quand même, pour qu'au moins je sache ce que j'étais en train de faire, et que je ne confonde pas par exemple ses seins avec ses joues...

Ce jour-là au café je savais bien qu'en partant j'étais censé embrasser Noémie, *puisqu'on était ensemble.* C'était horrible. Au risque de vous surprendre, je n'avais jamais embrassé personne non plus. Bien sûr j'avais longuement regardé sur internet « comment embrasser avec la langue ». Je m'attendais à un mode d'emploi détaillé, avec des protocoles. Mais tous ces abrutis de sites écrivaient que « malheureusement il n'y a pas de mode d'emploi, c'est le corps qui parle, bla bla bla », ce qui me foutait la haine. Pourquoi on ne pouvait pas me faire un mode d'emploi simple ! Évidemment j'avais aussi cherché « comment faire l'amour ». Mais alors là pareil, levée de boucliers ! « Personne ne pourra jamais expliquer comment faire l'amour, ça se fait à l'instinct », et autres mensonges... J'étais bien avancé. Finalement comme je devais partir je me suis levé. Noémie et sa copine attendaient, émues, le grand baiser officiel. J'ai failli. Mais j'avais trop peur. Je leur ai fait la bise à toutes les deux, et j'ai pris mes jambes à mon cou.

Une minute après, je marchais rue de Saintonge, j'ai entendu « César ! » derrière moi. Je me suis retourné, c'était Noémie. Elle courait vers moi depuis le café. *Aïe aïe aïe*, je me suis dit. Elle m'a sauté dans les bras. Là, c'était vraiment le moment. C'était la scène où je l'embrassais passionnément et c'est ce qui me paralysait. On était immobiles sur le trottoir. Une minute est passée, une deuxième. Impossible d'avancer la tête vers elle. Et finalement je l'ai juste prise dans mes bras. On s'est quittés comme ça. Elle est partie, triste et déçue, ne comprenant pas. Je suis rentré sans savoir si j'avais été empêché de vivre mon envie, ou bien sauvé de ce dont je n'avais pas envie.

Noémie a persévéré. Pourtant au lycée des bruits commençaient à courir, les mecs de la classe trouvaient ça très étrange que je ne passe pas à l'acte *alors qu'elle était quand même super bonne.* J'avais hâte que tout ça soit derrière moi.

Toujours à cause de cette fâcheuse situation où j'étais censé *être en couple*, Noémie m'invitait chez elle tous les week-ends. Je trouvais des prétextes. Malheureusement est arrivé le samedi où je n'ai pas pu y échapper. J'ai tout de même réussi à négocier de venir l'après-midi. Venir le soir me terrorisait trop, je me doutais bien de ce qui allait m'arriver si je venais le soir. J'ai dit que je devais garder ma petite sœur... Pas si mal, cette petite sœur.

Je suis arrivé mort d'angoisse chez Noémie. Elle nous avait préparé un goûter. On n'était que tous les deux, c'était effrayant. J'ai retardé le moment fatidique tant que j'ai pu. Elle me proposait d'aller dans sa chambre mais j'insistais pour rester dans le salon. « Ce que j'aime dans ton salon c'est qu'il est lumineux », je disais tout ce qui me passait par la tête. Je me souviens qu'il y avait des petites statuettes hideuses sur la commode du salon et je lui demandais « ah tiens, c'est quoi ça, c'est joli », pour gagner du temps. Je reprenais ma respiration au milieu de mes phrases tellement j'avais le souffle coupé. Pendant ce temps Noémie me caressait et me chuchotait : « Allez, viens on va dans ma chambre... J'aime pas rester là, si quelqu'un rentre on est juste en face de la porte. » J'avais envie de lui dire *mais c'est bien pour ça que je veux rester là, ma vieille.* Au bout d'un moment elle m'a eu, évidemment. Elle me tirait par le bras. Je ne pouvais pas non plus m'accrocher au canapé. Je l'ai suivie dans sa chambre, comme à l'échafaud. « Allonge-toi sur mon lit, elle m'a dit. Et détends-toi ! » Facile à dire... Elle s'est assise sur le rebord du lit. Je me suis mis à trembler. Je tremblais de tout mon corps, vous imaginez. C'était assez viril. On se regardait. Voulant sans doute tenter une approche plus rusée elle m'a lancé : « Tiens, je vais te faire un massage. Enlève ton pull ! »

À la limite, le massage, pourquoi pas. Sauf que le pull c'était impossible. C'était le dernier rempart avant mes boutons dans le dos, c'est-à-dire avant l'enfer. « Ok mais tu peux me masser directement sur le pull », j'ai répondu l'air de rien. J'ai serré mes bras contre mon corps en tenant le bout des manches.

« Allez, arrête, a dit Noémie en s'approchant. Je suis sûre que t'as un beau dos, en plus. » Elle a commencé à soulever mon pull. Je n'ai pas réfléchi, je me suis levé d'un bond. Elle est restée sur le lit, à me regarder comme un fou. Le danger était trop grand. Je me suis enfui.

5

Au lycée on avait souvent des heures de battement. Je suivais les autres au café. En général Nils et les autres mecs ne s'attardaient pas, ils restaient juste le temps de boire leur café et de se la ramener un peu devant les meufs, puis ils partaient chez un tel *pour jouer à FIFA*. Il est arrivé qu'ils me proposent de venir mais j'ai toujours décliné. Pas très envie d'avouer que je n'avais jamais joué à aucun jeu vidéo de ma vie et que je ne savais même pas me servir d'une manette.

Je restais donc plutôt avec les filles. Je les écoutais parler, c'était mon petit documentaire sur la vie normale. Bien sûr il y avait des moments où je n'arrivais pas à suivre, comme dans certains documentaires. Par exemple quand elles se sont mises à dire que le samedi soir en boîte *elles avaient pris de la D*. La première fois que j'ai entendu ça, j'étais tellement obsédé par les transports en commun que j'ai cru que la fille voulait dire qu'elle avait pris le RER D. J'ai failli déclarer qu'on ne disait pas « *la* D » mais « *le* RER D », enfin quelque chose de pertinent... Je n'ai pas osé. Ou alors quand elles s'emballaient pour prévoir *un week-end à « me-da »* ... Ça revenait tout le temps, me-da, me-da. C'était quoi ? Si c'était un endroit où on pouvait aller en week-end c'est que ça devait être une ville, or normalement je connaissais toutes les villes de la planète, donc je ne comprenais pas ce qui se passait. Un jour j'ai fini par chercher sur internet et alors seulement j'ai compris que c'était Amsterdam. Ensuite j'ai fait comme si j'avais toujours su ce que c'était. Mais la plupart du temps, elles parlaient des mecs. Ce qui était drôle c'est qu'elles me posaient des questions à moi. « Imagine il y a une meuf qui te fait ça, toi *en tant que mec* tu ferais quoi ? » J'essayais quand même de faire l'homme d'expérience. Souvent je ressortais mon histoire de relations libres parce que je trouvais que ça passait bien.

On restait là des heures. Le résultat était que je buvais sept ou huit cafés par jour. J'aimais bien, j'avais l'impression d'être un homme libre. Aujourd'hui il y a des jours où je n'ose pas dépasser deux parce que je sens la crise cardiaque approcher... De toute façon ma mère s'inquiétait à ma place. Par tous les moyens elle essayait de me convertir au thé vert. À la maison dès que je m'approchais de la cafetière elle s'écriait : « Encore ?? Mon chéri dis-moi combien de cafés tu bois par jour, je t'en prie !! » Je l'ignorais. Parfois je trouvais mon café plus clair que d'habitude et je me demandais si elle ne le remplaçait pas par du déca, en cachette.

La vérité c'est que si je restais au café avec les filles, c'était aussi parce que je n'avais pas vraiment d'endroit où aller. Impossible d'aller chez mon père : ça bouleversait son planning. Pourtant ç'aurait été appréciable, il habitait à dix minutes à pied du lycée. Mais ça le stressait trop que je vienne chez lui à l'improviste les jours où j'étais censé être chez ma mère. *Trop compliqué.* Et puis ça risquait de déranger Ursula, si par exemple elle était en train de s'habiller ou de passer un coup de fil... Ursula avait par-dessus tout besoin d'être tranquille, comme vous savez. Le problème c'est que je ne pouvais pas non plus rentrer chez ma mère. J'aurais bien aimé pourtant, elle m'aurait accueilli les bras ouverts avec un milk-shake et des lentilles corail. Mais c'était trop loin. Depuis qu'elle nous avait fait déménager au fin fond de Montreuil je mettais trois quarts d'heure à y aller, c'était exclu. Les jours où les autres ne voulaient pas aller au café, il m'arrivait donc d'errer un peu dans les squares.

Une fois cependant il y a eu un drame. C'était un jour où on avait trois heures de trou. À la sortie du cours à dix heures chacun est rentré chez soi, les mecs ne sont même pas partis jouer à FIFA. Une fois que les autres ont eu le dos tourné je suis allé au square. Mais rapidement j'ai eu froid, et je me suis décidé à téléphoner à mon père. Peut-être je pouvais venir exceptionnellement. Il n'a pas répondu, il devait faire le marché. Il y restait toujours des heures, Ursula l'accusait de draguer la fromagère, enfin peu importe. J'ai pris mon courage à deux mains et je suis quand même allé chez lui. J'espérais de toute mon âme qu'Ursula ne soit pas là. J'ai ouvert la porte, comme un voleur. Et de ma voix la plus mielleuse j'ai crié dans l'entrée :

« Y a quelqu'un ?

— Ouais y a moi ! » a gueulé Ursula depuis la salle de bains, furieuse.

Raté... Je me suis éclipsé dans ma chambre, la boule au ventre. Qu'est-ce qui m'avait pris, pourquoi j'avais osé venir chez mon père en dehors de mes jours ? Il y a eu du remue-ménage dans la salle de bains. Les gros pas d'Ursula se sont rapprochés. Un instant j'ai cru qu'elle allait entrer dans ma chambre et venir me foutre une baffe, mais elle a continué jusqu'à l'entrée, elle a ouvert la porte et l'a refermée en faisant trembler tout l'étage. Mon ventre a fait un bruit.

Je me suis retrouvé tout seul, paniqué à l'idée d'avoir créé un incident. Un peu plus tard mon père est rentré du marché. « Bon il faut que je te parle », il m'a dit. On est allés dans son bureau.

« Il faut que tu comprennes que tu peux pas débarquer comme ça. Mets-toi à la place d'Ursula ! Ursula c'est une femme, tu comprends ! Les femmes ça a besoin de prendre sa douche tranquille, de chantonner... Et toi tu te pointes comme ça !

— Mais j'avais trois heures de trou et il faisait froid et je...

— Oui, d'accord, mais essaie de faire un effort pour comprendre Ursula ! Tu peux aller te promener, non ? Ou alors si vraiment tu n'as pas de solution tu appelles, tu demandes si tu peux passer... »

Je me suis écrasé, comme d'habitude. Ensuite je me suis longtemps rejoué la conversation dans ma chambre en chuchotant à mon père que c'était une ordure et qu'il était à la botte d'Ursula. Derrière ma porte j'entendais le bruit du fer à repasser, il était en train de lui faire ses robes... Ce que j'aimais m'imaginer c'était que lorsqu'elle rentrait le soir, il passait devant elle à quatre pattes en léchant le sol du couloir, pour qu'elle marche sur un parquet propre. Ça me faisait du bien.

Par la suite, un compromis a été trouvé. Les jours où je ne savais pas quoi faire et où j'avais cette envie presque incompréhensible d'aller dans ma chambre, il était convenu que je devais envoyer un message à Ursula. Je l'aimais de plus en plus. « Bonjour Ursula, ça te dérange si je passe à la maison ? »

Évidemment, tout ça c'était la faute de ma mère. Vous imaginez si elle lisait ça... *Oh mais j'en ai marre, tout ne peut pas non plus être de ma faute !!* Pourtant c'est vrai. C'est quand même elle qui a déménagé à Montreuil, que je sache, on ne pourra pas m'accuser de l'avoir poussée. Si on n'était pas partis du onzième j'aurais été à vingt minutes du lycée et je serais bien entendu resté vivre tout le temps chez elle, je ne serais jamais plus retourné chez les autres cinglés. Ils seraient allés acheter leur baguette et demie eux-mêmes. Mais là, Montreuil, ça changeait tout. Le soir en sortant du métro j'entamais lentement la côte. Je détestais ma mère, je détestais le concept de l'Île-de-France. Pendant que je suais dans la côte, après avoir sué d'angoisse toute la journée au lycée, c'était là que venaient les envies de meurtre. Tout était laid. Je rêvais que Stefano se faisait emporter par un raz de marée et qu'on revendait la maison, à perte.

Certes, au début le trajet en métro m'a un peu émoustillé. Je ne nie pas. J'étais surtout excité par le fait d'habiter au terminus. Quand le conducteur annonçait « Mairie de Montreuil, terminus » je ressentais une forte émotion. Je m'imaginais que les gens qui descendaient à la station d'avant étaient jaloux de moi lorsqu'ils me voyaient rester jusqu'au terminus. Je me sentais spécifique. Néanmoins je me suis rapidement lassé de tout ça. Comme paraît-il tous les amours, mon amour pour la RATP a commencé à faiblir.

Mais je ne vous ai même pas expliqué cette histoire de déménagement à Montreuil. Pourtant je peux vous dire que je m'en souviens bien parce que dans la même semaine ma mère m'a d'abord annoncé que j'allais avoir une petite sœur. Ça a été une belle semaine. J'ai fondu en larmes, pour la petite sœur. Je devais avoir treize ou quatorze ans, mais bon, certains cordons sont plus difficiles à couper que d'autres. Cette fois c'était sûr, ma mère m'abandonnait. J'ai beaucoup pleuré. Le reste de la famille était ravi, bien sûr. Les gens sont toujours ravis quand ça ne leur arrive pas à eux. « C'est formidable que ce soit une fille ! » répétait ma grand-mère, comme si on en manquait. Mes tantes étaient survoltées et se sont mises trois mois à l'avance à choisir les pyjamas. Moi je trouvais ça affreux. Antoine et Juliette passaient leurs journées à trouver un prénom pour *notre petite sœur* mais je ne participais pas.

Et donc, quelques jours après est tombée l'autre nouvelle : le déménagement. Cette fois ma mère n'a pas eu le cran de me l'annoncer elle-même, elle a fait parler Stefano. C'était un soir à table. « Bon les enfants, on a quelque chose à vous dire : on va déménager tous ensemble dans une grande maison à Montreuil. Il y aura un jardin. » Antoine et Juliette ont poussé des cris de joie. Moi j'ai eu l'impression qu'on m'enfonçait une épée dans le corps. « Quoi ? Mais moi je veux pas ! » Et là Stefano s'est énervé, m'a dit que content pas content c'était pareil. Bien sûr j'ai fait tout ce que je pouvais, je me suis épuisé en négociations auprès de ma mère pour qu'elle renonce à ce projet sordide. Je choisissais les moments où Stefano n'était pas là parce que sinon je n'osais pas. Mais elle était décidée. Le jardin, *ce sera comme la campagne à Paris...* N'importe quoi... Enfin c'est comme ça qu'on a atterri à Montreuil. Ma mère et Stefano se sont vite trouvé plein d'amis artistes. Ils allaient les uns chez les autres boire du vin biodynamique, ils faisaient à la maison des grosses soirées musiques du monde... Quand je me plaignais d'être le seul du lycée à venir d'aussi loin ils me répondaient : « Oh c'est bon, c'est pas si long, trois quarts d'heure ! » Eux ils ne le faisaient jamais, le trajet. Monsieur circulait à moto et ma mère prenait des taxis. Bref, entre chez mon père où on me mettait à la porte parce que l'autre folle devait chantonner, et là chez ma mère où il y avait maintenant des musiques du monde non-stop...

En plus de tout je parlais très peu à ma mère. Je ne lui disais rien sur ce que je faisais en dehors du lycée, ou plus exactement je ne lui disais pas que je ne faisais rien. Et ça marchait. Pendant longtemps elle a répété à mes tantes *que j'étais très secret*. Mes tantes me tiraient la joue en disant « petit cachottier, va ». C'est comme ça que peu à peu j'ai créé cette entité floue qui était toujours présente autour de moi, mais que personne ne voyait jamais, et qui s'appelait : *mes potes*. « Pourquoi ils ne viennent pas en vacances avec nous, tes potes ? » me demandait ma mère. Je répondais « oui je vais voir, je crois qu'ils ont déjà quelque chose de prévu ». Évidemment ils ne sont jamais venus, puisqu'ils n'existaient pas. Ma mère m'accusait de trop séparer ma vie privée de ma vie familiale. C'est aussi pour ça que bien plus tard lorsque ma carrière d'espion est tombée à l'eau tout le monde a été déçu. « C'était parfait pour toi ! Toi qui es si secret ! »

La grande évolution de l'époque, c'est que pour la première fois j'ai eu *une amie*. Disons une camarade. C'était une fille de la classe, Giulia. Tous les week-ends je priais pour qu'elle m'écrive. C'était rare. Alors souvent après n'avoir rien fait le vendredi soir, rien fait le samedi, rien fait le samedi soir, je craquais le dimanche et je lui écrivais : « Salut, tu fais un truc aujourd'hui par hasard ? » J'avais l'impression de faire la manche. Certains dimanches, pas tous, j'avais une réponse. « Je vois les filles au café tout à l'heure, tu peux passer si tu veux. » Je remerciais le ciel. Pour ce qui était de *passer*, par contre... Je mettais presque une heure à venir depuis Montreuil. Mais j'étais prêt à tout. Ça me faisait quelque chose à répondre quand le lundi au lycée on me demandait ce que j'avais fait le week-end.

C'est ainsi que j'ai commencé à passer mes dimanches au café avec un groupe de filles que je connaissais à peine. Je me tenais sage, j'écoutais. Elles parlaient surtout de leur soirée de la veille à laquelle je n'avais pas été invité – et à laquelle de toute manière si j'avais été invité j'aurais eu trop peur d'aller. Je leur mentais : je disais que je venais de chez mon père. J'avais honte d'être venu spécialement de Montreuil pour ce café qui était pour elles la routine fatiguée du dimanche après les joies de la veille, alors qu'il était pour moi l'aventure sociale, l'événement du week-end. Je faisais même exprès d'arriver par une autre rue que celle du métro. Quand je partais de chez moi ma mère me poursuivait dans la maison en me demandant *dans quel quartier j'allais parce que ça la rassurait de savoir.* « Dis-moi au moins à quelle station tu vas ! J'ai le droit de savoir, je suis ta mère !! » D'un ton bourru je finissais par marmonner que j'allais dans le Marais. Elle croyait que c'était de la colère, alors que c'était juste la peur qu'elle ne creuse et tombe sur les vertiges de malaise que je cachais derrière ma petite phrase.

De temps en temps elle venait me voir dans ma chambre avec son jus de gingembre *pour discuter un peu,* et elle me disait : « C'est drôle que vous alliez toujours boire des cafés, avec tes potes... Il n'y a pas que les cafés, dans la vie ! Et les soirées alors ? » Je regardais par terre. Ma mère buvait une gorgée et reprenait :

« Vous ne faites pas encore de soirées, avec tes potes ?

— Euh non, on préfère se voir l'après-midi... Tout le monde est fatigué, on a des devoirs...

— Bon, ça va sûrement venir », disait ma mère.

Après mon *café dans le Marais* je rentrais tout triste à Montreuil. C'était bon, j'avais fait ma sortie du week-end. J'avais passé deux heures avec des filles qui s'en foutaient complètement que je sois là. Le pire c'était quand une des filles du groupe annonçait qu'elle avait fait sa première fois. Je comptais : *plus que deux, plus qu'une...* Ces jours-là je rentrais encore plus sombre. J'allais mourir puceau, j'allais être la risée du monde entier. Et puis je trouvais que pour les filles c'était tellement plus facile, merde ! Elles n'avaient qu'à se laisser accoster et dire oui ou non.

Alors que moi, merci, je devais faire tout le boulot ! Plus ça allait, plus j'entendais parler de choses terribles. Le soutien-gorge, par exemple... Parfois à la récré les mecs se demandaient en ricanant : « Et toi, tu les dégrafes en combien de temps, les soutifs ? » J'en avais mal au ventre. Ça aussi, j'étais censé le faire ? Dégrafer, dégrafer... C'était dommage que mes tantes et ma grand-mère ne m'aient pas montré quand j'étais petit, ça m'aurait fait de la pratique... Et puis comme si ce n'était pas suffisant ils rajoutaient leur histoire de préliminaires. « T'es puceau pour de vrai ? T'as même pas fait les prélis ? »

Au plan sentimental ça n'avançait donc pas beaucoup. Noémie a progressivement laissé tomber, ne se sentant pas une vocation de psychiatre, après une énième fois où j'ai eu une crise de tremblements alors qu'elle essayait simplement de m'embrasser. Après elle il y en a eu d'autres. Elles me faisaient comprendre que je leur plaisais, je me persuadais qu'elles me plaisaient aussi et je leur faisais mon petit numéro de drague qui ne menait à rien. Ça a été comme ça pendant tout le lycée. Je passais de l'une à l'autre, je m'en foutais, pour moi c'était comme changer de boulangerie. Le problème c'est qu'elles, elles trouvaient que je me comportais mal. Par exemple quand je les invitais à passer la soirée chez moi et qu'à vingt-deux heures je leur proposais de les raccompagner au métro... C'est à ce moment-là que j'ai commencé à avoir au lycée une réputation de briseur de cœurs. Je n'en revenais pas. Un briseur de cœurs puceau, c'est quand même rare.

Le record d'horreur a été battu avec une amie de Giulia que je ne connaissais pas trop, une de celles avec qui je prenais mon *café du dimanche.* Giulia s'est mise à me dire que j'avais un ticket avec cette fille et un samedi elle m'a traîné à une soirée chez elle. Non seulement c'était la première fois de ma vie que j'allais à une soirée, mais en plus il était prévu que je reste dormir, donc j'étais vraiment au bord du gouffre.

À la soirée tout le monde dansait, à part ceux qui faisaient une pause avant de retourner danser. Bien sûr j'étais le pilier du groupe de la pause. À ceci près que moi je n'étais pas en pause... Quand les autres disaient « bon on y retourne » je leur criais « ouais, je vous rejoins », et j'attendais la prochaine vague de fatigués. Je me sentais comme un grand-oncle qu'on vient voir un instant pour se reposer de l'insouciance avant d'y replonger. Il était impensable que j'aille danser. Plutôt crever. Donc pour avoir l'air de faire quelque chose je buvais comme un trou, je me faisais des cocktails avec n'importe quoi dedans. Ça ne me soûlait même pas, l'angoisse était plus forte. Surtout je m'efforçais de rendre ma conversation intéressante pour retenir ceux qui venaient faire une pause, mais par moments tout d'un coup la musique changeait, il y avait un élan de joie, et ils retournaient tous danser en courant, me coupant au milieu de ma phrase. *Ça doit être un morceau connu,* je me disais.

À un moment de la soirée à force de me voir dans mon coin la fille en question est venue me dire en souriant que si j'étais fatigué on pouvait aller se coucher. C'était la danse ou bien la sexualité, le choix ultime. J'aurais donné tout mon livret jeune pour qu'on me laisse partir. Finalement, j'ai choisi la chambre. Au moins il allait faire nuit et on ne serait que deux. Elle a annoncé aux autres qu'on allait se coucher. Ils nous ont regardés en ricanant. Tous se disaient *ouh là, ils sont pressés, ces deux-là !*

Très pressés, oui... Je me suis déshabillé rapidement, de dos, et je me suis étendu dans le lit comme un long glaçon immobile. Mes bras le long du corps, je respirais à peine. J'ai essayé d'engager la conversation pour lui faire oublier la raison pour laquelle on était étendus côte à côte en sous-vêtements. Je crois avoir parlé du bac de français... Ça n'a pas tenu longtemps. Elle s'est rapprochée de moi et s'est mise sur le côté en me regardant. Je la sentais douce et aimante, c'était précisément ce qui me donnait envie de hurler. Dans ma tête mille voix me criaient : *Vas-y, c'est le moment ! Vas-y !* Je ne pouvais pas. Il n'y avait aucun bruit dans la chambre, c'était la suffocation. Au bout d'un moment j'ai senti son pied effleurer le mien. Elle tentait le tout pour le tout. Je me suis raidi. Elle a retiré son pied. Et c'en est resté là. On s'est endormis sans rien dire.

*

Aujourd'hui, j'ai compté, ça fait sept semaines que je suis à Key West, et que je ne fais que vous écrire. C'est grâce à vous que je tiens. Le matin quand elle me voit penché sur mon cahier ma grand-mère me lance :

« Oh là là mais tu écris encore ? Tu vas pas nous écrire huit cents pages non plus, tu te prends pour Proust ? »

J'espère faire moins, quand même. En tout cas ma grand-mère dit qu'on ne va jamais pouvoir rentrer à Paris. Nos billets ont encore été annulés l'autre jour. « On va s'installer ici et vivre en communauté », s'écrient les veuves quand elles viennent prendre le goûter. Oui, puisque je leur ai interdit de faire des dîners elles font des goûters, maintenant... J'ai baissé les bras. Leur grand truc, en ce moment, c'est qu'elles essaient de m'aider à écrire. Elles me cherchent des idées. Hier Sharon m'a proposé l'intrigue d'une femme qui aurait perdu son chat, qui le chercherait dans tout Key West et qui finalement rencontrerait l'homme de sa vie, celui qui aurait secouru son chat. J'ai dit que je la gardais en réserve.

Pour le reste, si ma grand-mère râle contre mon interdiction de faire des dîners, en revanche l'interdiction de sortir de la maison la révolte moins. « Oh non ! C'est trop dangereux, de faire des promenades ! » Tous les jours elle reste des heures immobile dans la piscine, prétendant que c'est du sport. Depuis mon bureau je l'entends barboter. L'autre jour tout d'un coup dans le silence de l'après-midi je l'ai entendue dire, très fort : « Tiens, t'es là, toi ? » J'ai sursauté. J'ai regardé, il n'y avait personne. Je me suis dit *mais elle est folle, cette fois.* J'ai regardé de nouveau pour en avoir le cœur net et alors j'ai compris qu'elle parlait au truc bleu qui balade le produit dans la piscine. Il avait dû la surprendre par-derrière.

Moi, pour ma part, il m'arrive de faire un peu de sport. Du sport mobile, je veux dire. J'essaie de briser le déterminisme familial. Je vais courir de temps en temps, le soir. « Ne me dis pas que tu vas encore courir », me dit ma grand-mère quand elle me voit passer en tenue.

Enfin tenue c'est un grand mot. Je mets un t-shirt blanc pour ne pas qu'on voie que je transpire, et même s'il fait déjà nuit je cours avec mes lunettes de soleil. J'ai l'impression que ça me protège un peu du regard des autres. Car c'est quand même ça l'inconvénient de la course à pied. Même ici à Key West alors qu'il n'y a personne, c'est éprouvant. Certes, quand je cours lentement la nuit, sous les arbres, tout seul dans les rues encore brûlantes, parfois une douceur me gagne et je me dis que courir n'est pas forcément si affreux. Mais dès que quelqu'un arrive en face j'ai l'impression que mon corps se désarticule et j'aimerais devenir invisible, le temps que ce juge de mon apparence me dépasse. C'est usant. Je regarde toutes les personnes que je croise pour vérifier qu'elles ne me regardent pas... Sincèrement je ne sais pas comment vous faites pour courir le dimanche aux Buttes-Chaumont ou je ne sais où, avec tous ces gens devant lesquels il faut passer.

*

Ce qui s'est passé en terminale, c'est que tout le monde m'a tellement harcelé avec Sciences Po, *il faut que tu fasses Sciences Po, tu dois préparer Sciences Po,* que je me suis bel et bien mis à préparer Sciences Po. Ma mère et mes tantes étaient ravies, c'était l'essentiel. Elles disaient à leurs amies « oui César prépare Sciences Po », en insistant sur le « i », *ScIences Po,* ce qui m'exaspérait. Surtout elles me recommandaient d'être attentif en cours de philo, elles disaient que c'était ça la clé pour avoir le concours. Au goûter, la bouche pleine de gâteau elles s'écriaient : « Ah, la philosophie ! Quelle merveille ! Tu vas voir, moi ça m'a changé la vie ! » C'est bien possible, mais en tout cas ces huit heures de philo par semaine n'ont pas changé grand-chose à ma vie à moi. Je continuais à être obsédé par ma transpiration. Ces cours de philo me faisaient beaucoup transpirer, le pire c'était quand on avait cours dans la salle horrible où il n'y avait que des tabourets, pas de chaises, c'était alors pour moi une question de vie ou de mort que d'obtenir une place au bout de la rangée. Je m'asseyais le dos contre le mur, perpendiculaire à la salle, pour que personne ne remarque rien. Par moments le prof me lançait : « César, c'est par ici que ça se passe... » Mais en dehors de la sueur, mon souci principal, pour changer, était d'être à côté de Nils. Les autres voyaient bien que je lui tournais autour. On me disait « mais t'es sûr que t'es pas homo » et je répondais « hein mais non, pas du tout », alors que le week-end précédent chez mes grands-parents je m'étais tout d'un coup surpris en train de sucer le robinet de la baignoire.

Le concours de Sciences Po a fini par se rapprocher. Ma mère et ma tante Audrey m'ont bassiné pendant un mois pour que je fasse des *fiches sur l'actualité* mais je les envoyais toujours se faire voir. « Oui oui t'inquiète », je répondais. Heureusement j'avais ma tante Gladys de mon côté : « Mais non, vas-y au feeling, mon chou ! » Dans la famille l'excitation montait. Mes tantes commençaient à faire des plans pour quand je serais nommé consul à Los Angeles. « J'espère que tu pourras nous avoir des billets gratos », disait ma tante Gladys.

Je suis arrivé à l'oral d'admission sans avoir rien préparé. Ma mère m'a accompagné rue de l'Université. Ça m'a rappelé la rentrée au collège, j'étais à peu près dans le même état. Au lieu d'avoir peur de mon oral j'avais peur d'avoir envie d'aller aux toilettes... J'ai attendu longtemps face à une porte. Dans le couloir on devait être une dizaine à attendre chacun sur sa chaise, la boule au ventre. On se lançait des regards en coin. *Celui-là a l'air fort, c'est sûr qu'il va l'avoir.* Enfin la porte devant moi s'est ouverte. Une pauvre créature est sortie, les larmes aux yeux. On m'a fait entrer. C'étaient deux types en costume, un grand et un blond à lunettes. Ils se sont présentés, ils étaient conseiller de tel ministre, administrateur de je ne sais quoi, puis ils m'ont dit « à vous ». J'ai dû dire « bonjour je m'appelle César, je suis en terminale ». L'entretien a vite dérapé lorsque je me suis aperçu que le blond à lunettes était penché au-dessus de la table pour regarder mes pieds. D'un coup je me suis souvenu que j'avais mis mes baskets bleues hideuses. Ma mère m'avait bien poursuivi pour que j'aille m'acheter des chaussures de ville mais je l'avais ignorée. Ça m'a fait perdre mes moyens, j'ai essayé de cacher mes pieds. Impossible. Ils ont continué un peu, ils m'ont fait parler de la guerre en Syrie mais je n'ai pas tenu vingt secondes. « Est-ce que vous lisez la presse, au moins ? a fini par me demander le blond à lunettes.

— Bien sûr, j'ai répondu, espérant me rattraper. Je lis surtout *Le Monde.*

— Tiens, pourquoi *Le Monde* ?

— Euh bah je pense que c'est un journal neutre, et puis... »

Le grand a failli s'étouffer. « Alors là ! *Le Monde,* un journal neutre ? Ah ah ah, vous êtes sûr ? » Je ne savais plus où me mettre. J'ai bredouillé que « non, pas vraiment neutre, enfin... » Mais le mal était fait.

Quand je suis sorti ma mère m'attendait avec ma grand-mère et ma tante Gladys. Elles me faisaient des grands signes, c'était tout juste si elles n'avaient pas des drapeaux. « Alors ?? » elles m'ont crié. Je leur ai tout de suite raconté l'histoire du *Monde*. Il y a eu un silence. Ma mère a essuyé une larme. Ma grand-mère a fini par s'écrier :

« Mais enfin mon pauvre chéri c'est complètement de gauche, *Le Monde* ! Tu pouvais pas te renseigner ?

— Ne l'écoute pas mon chou, elle exagère, m'a dit ma tante Gladys en me caressant la tête. Ils sont quand même assez neutres, non ? Moi je pense que tu as très bien répondu. »

Mais ma grand-mère était catégorique. Tout le long du chemin pour aller au restaurant elle a marmonné « ah non, là c'est foutu ».

Et en effet, comme la plupart du temps, le pessimisme a triomphé et quelques semaines après on m'a informé que Sciences Po ne voulait pas de moi. « Je l'avais bien dit », a déclaré ma grand-mère. Je n'ai jamais su si c'était à cause du *Monde*, de mes baskets bleues ou bien d'un ensemble de choses. Ça a été un coup de tonnerre dans la famille, d'abord on n'y a pas cru. Mes tantes ont parlé d'une erreur. Ma mère est partie en campagne, elle a essayé d'avoir un rendez-vous avec la direction. Mais bon, il a fallu se rendre à l'évidence : je n'allais pas être consul à Los Angeles.

6

Après mon échec au concours on est allés passer l'été dans le Vercors. Je me suis replongé dans mes atlas, j'ai commencé un nouveau pays imaginaire. Le matin je me réveillais le premier pour m'occuper des loirs. J'adorais ça. En plus c'était un été où ils étaient nombreux, trois ou quatre chaque matin. J'avais hâte d'avoir le permis pour pouvoir aller moi-même relâcher les loirs dans la forêt, sans attendre les autres ralenties. Un peu plus tard mes tantes se levaient. L'une après l'autre elles entraient dans la cuisine, en robe de chambre. Elles se faisaient leur œuf à la coque. Dès le matin elles parlaient de tout et de n'importe quoi. Je les écoutais. Certains matins un peu froids on allumait le chauffage et alors j'instaurais une relation amicale entre moi et le petit radiateur. On instaure des relations avec qui on peut. Je m'asseyais sur lui, il me chauffait, chauffait, et quand il me brûlait je finissais par me lever. Je refroidissais. Puis je me rasseyais. Ensuite, vers dix heures, ma grand-mère faisait son apparition. « Bonjour, mes pauvres chéris », elle nous lançait en marchant lentement vers la machine à café. Mes tantes levaient les yeux au ciel. Elle les poussait à bout avec son histoire de pauvres chéris. *Qu'est-ce que tu lis, ma pauvre chérie ? T'as dormi, ma pauvre chérie ?...* De temps en temps une de mes tantes craquait et hurlait :

« Je suis pas pauvre !! »

Pour leur échapper un peu j'ai décidé un matin d'aller marcher dans la montagne. Je ne l'avais jamais fait, pas trop été élevé dans la culture de la randonnée, mais j'avais assez fort le fantasme *d'être un mec qui faisait des randos seul dans la montagne.* Et puis je dois dire que j'en avais par-dessus la tête de l'éternel petit tour qu'on faisait en une heure et demie parce que mes tantes s'arrêtaient à chaque instant pour faire des bouquets et cueillir des fraises des bois. « Oh là là Nadège, viens vite !! Il y en a plein !! » Toutes les deux minutes je leur disais : « Bon allez ! » Je rêvais que j'avais quelque chose pour les tracter. Bref, donc je me suis dit que j'allais commencer par le col Saint-Romain, et qu'ensuite j'allais faire plein de randonnées, tous les jours, car ça allait être le nouveau sens de ma vie.

Je suis parti tôt, il faisait froid, tout était humide. J'ai monté le chemin dans la forêt silencieuse. J'étais mal à l'aise, je me sentais épié. Au moindre craquement je me retournais. Je ne savais pas s'il était plus prudent de signaler ma présence ou bien de passer discrètement. Quand enfin j'ai émergé de l'angoisse de la forêt et que je suis arrivé sur la crête, une envie urgente s'est emparée de moi, de ce genre d'envies qui font exprès de survenir lorsqu'il n'y a pas de toilettes autour. J'ai couru dans un bosquet. Évidemment il a fallu qu'au moment précis où je sortais de mon bosquet un randonneur déboule sur le chemin devant moi. Bon, passons. J'ai continué encore une heure ou deux. Ça commençait à me sembler loin, le col Saint-Romain. Je me sentais nul parce que je me souvenais que dans mon enfance mon grand-père disait qu'il montait au col en une heure, c'était bien la preuve que je n'étais qu'une petite mauviette sans muscles. Au bout d'un moment j'ai croisé des gens. Je leur ai demandé si c'était encore le loin, le col. Ils m'ont répondu : « Ah mais vous l'avez dépassé depuis longtemps ! » Comme j'avais honte de m'être perdu j'ai fait comme si je continuais. J'ai attendu qu'ils soient loin devant pour rebrousser chemin derrière eux... Ça m'a fait de la peine de ne même pas être capable de reconnaître un col. Quand je suis rentré ma mère était très inquiète et ma grand-mère m'a dit *que j'étais dingue de faire des choses pareilles.* « Et il est parti sans son aspivenin, en plus !! »

Bon, mais sinon c'était très calme. On allait des canapés à la rivière et inversement. Il y avait seulement quelques tensions autour des repas, parce que c'était à l'époque où ma mère avait décidé de ne plus manger de gluten. Ses sœurs trouvaient ça ridicule, elles refusaient même de cuisiner pour elle, mais ma mère tenait bon. Quand on partait faire les courses elle nous criait : « N'oubliez pas mes pâtes sans gluten !! » « Oh elle va pas nous emmerder avec son gluten », marmonnait ma grand-mère en démarrant. La routine. Enfin vers le milieu de l'été il y a eu une bonne puis une mauvaise nouvelle. D'abord j'ai appris à mon grand soulagement que j'avais eu 10 au bac de sport. L'honneur était sauf. Je m'attendais à bien pire puisque je n'étais allé que quatre fois en cours de sport en terminale, ça m'angoissait trop. Je faisais des faux mots d'absence. Mal au ventre, problème personnel, problème familial, puis je revenais au mal au ventre. J'y allais seulement pour la première et la dernière séance de chaque trimestre – sauf au deuxième trimestre où je n'y étais pas allé du tout, parce qu'on faisait danse. J'aurais préféré faire tout Paris à cloche-pied plutôt que d'aller en cours de danse. Voilà, donc 10 au bac, c'était pas mal. Pas besoin non plus de le crier sur les toits, je l'ai gardé pour moi. Ensuite, plus ou moins en même temps est tombée la mauvaise nouvelle : le logiciel je ne sais quoi, qui fait les affectations à la fac, m'a envoyé dans une fac de droit *en banlieue.* Mes tantes ont crié au scandale. C'était impossible, je ne pouvais pas aller dans une fac de banlieue, j'allais être perdu, on allait m'agresser. Et donc, elles m'ont forcé à retourner à Paris en urgence pour contourner ce système débile et essayer de m'inscrire dans une fac digne de ce nom. « Mon petit chou dans la vie il faut se battre ! » Je n'avais pas envie d'affronter les gens en vrai, je préférais rester dans le confort du logiciel. Mais j'ai dû céder. Un matin de juillet je suis allé à la Sorbonne pour tenter de déposer mon dossier en main propre. On m'a ri au nez. « Mais enfin monsieur, tout passe par le logiciel, maintenant. » Comme j'insistais la secrétaire a fini par me dire : « Si ça vous fait plaisir je le prends, votre dossier, mais il restera sur mon étagère. »

Dans la famille tout le monde était consterné. On ne savait plus quoi faire. Finalement, ma grand-mère a pris conseil auprès de son amie Régine. Et c'est comme ça que j'ai atterri là où je n'aurais jamais cru atterrir : à l'Institut catholique. « Là-bas tu te sentiras beaucoup mieux, mon lapin », m'a expliqué ma grand-mère. J'y ai végété deux ans. Il n'était plus question de droit, je faisais de l'histoire médiévale. Mais j'aimais bien. C'était surtout le fait que ça ne serve à rien qui me plaisait, je me sentais spécifique. Pendant quelque temps je me suis même persuadé qu'en fait je voulais être historien. Je planifiais déjà ma future carrière universitaire, je commençais à faire mes emplois du temps... Ce qui m'a enflammé c'est cette dissertation que je devais faire sur la lettre de Fulbert de Chartres au duc d'Aquitaine. J'y ai passé des semaines. Par moments pendant que j'essayais de comprendre ce qu'avait voulu dire Fulbert je pensais à mes anciens camarades du lycée qui avaient réussi Sciences Po et qui apprenaient des choses utiles, alors que j'étais enfoncé dans des trucs du onzième siècle. Surtout, ce qui me tracassait c'était la phrase où Fulbert parle des *livres qui font autorité*. Je ne trouvais pas de quels livres il parlait. J'allais me plaindre au prof mais il me répondait « cherchez, cherchez encore ».

C'est à ce moment-là que je me suis mis à coller Giulia de plus en plus. Je la suivais à la bibliothèque le week-end, elle y allait avec ses copines.

Je n'avançais pas trop, à la bibli, je restais des heures à regarder en l'air. Je rêvais que j'étais historien et que je passais ma vie à travailler dans des bibliothèques silencieuses, et pendant ce temps je ne travaillais pas. Malgré tout je continuais à y aller parce que ça donnait un cadre à mes journées. Il ne fallait jamais sortir du cadre, si j'en sortais je savais que c'était l'angoisse qui m'attendait.

Le soir après la bibli les filles allaient en soirée. Moi je rentrais. Là, c'était bien sinistre. Je me demandais si j'allais continuer encore longtemps comme ça, à foncer tête baissée, sans me poser de questions, sans regarder autour de moi, toujours tendu vers un but dont je ne comprenais pas au fond pourquoi je le poursuivais. Quand je vois aujourd'hui ce qu'il m'en reste, de tout ce que je me suis enfoncé dans le crâne, je peux vous dire que ça valait le coup... L'histoire médiévale, disparue, le droit, disparu, les finances publiques, n'en parlons pas...

J'arrivais enfin à Montreuil, très à cran. Ma mère était dans la cuisine en train de faire ses lentilles corail. Elle avait un cri de joie en me voyant : « Ah ! mon chéri !! » Ma petite sœur me courait dans les bras. Je faisais la gueule, je leur en voulais d'être les seules personnes que je voyais. Ma mère me lançait : « Et tes potes, ils vont bien ? » Je ne répondais pas. Je montais dans ma chambre. Je lui racontais que mes potes étaient une bande de mecs, pour ne pas qu'elle soupçonne quoi que ce soit.

Bien entendu mon problème majeur restait que j'étais toujours puceau. À dix-huit ans, ça devenait tragique. Petit à petit j'ai imaginé que la solution était que je devienne amoureux de Giulia. Je me disais *on s'entend bien, elle est jolie, c'est que je dois être amoureux d'elle.* J'essayais de me convaincre qu'elle me plaisait. C'était laborieux. *Mais si, elle a quand même un beau corps, une belle peau...* J'avais hâte d'être en couple avec elle, on allait pouvoir faire des dîners avec mes tantes. Une première occasion s'est présentée : il y a eu sa soirée d'anniversaire. Rassemblant mon courage j'ai décidé d'y aller. J'ai vite regretté, il n'y avait que des gens à l'aise. Je tournais dans l'appartement. J'ai fait un peu semblant d'aller aux toilettes mais on ne peut pas non plus le faire cent fois de suite. Heureusement la mère de Giulia était une de ces mères qui *adoraient les jeunes* et avait tenu à rester pour la soirée. J'ai cherché asile auprès d'elle sur le canapé. On va souvent vers la seule personne de son âge... De fil en aiguille j'ai passé toute la soirée avec elle. Je lui posais plein de questions pour ne surtout pas qu'elle aille danser avec les jeunes et que je me retrouve seul. Je la faisais parler de son enfance. À un moment elle m'a avoué qu'elle avait la passion des éléphants et je me suis accroché fermement à cette histoire d'éléphants, je l'ai fait parler des éléphants pendant une heure. Elle a même fini par aller chercher un album qu'on a feuilleté ensemble, sur le canapé. Autour de nous j'entendais des voix crier « vas-y mets Rihanna », et pendant ce temps elle continuait à m'expliquer « alors vous voyez, là, on voit très bien la différence entre l'éléphant d'Afrique et celui d'Asie »... Je hochais la tête. J'espérais que les gens qui ne me connaissaient pas allaient me prendre pour un oncle ou un ami de la famille. Dès que la conversation ralentissait je cherchais vite quelque chose :

« Et le braconnage, qu'est-ce que vous en pensez ?

— Comment ? elle me criait. J'entends pas, avec cette musique !

— Le braconnage !

— Ah ! Ah oui, quel scandale, ça ! »

Bref, le résultat est que je n'ai pas échangé un mot avec Giulia de toute la soirée. Pour une soirée de déclaration d'amour ce n'était pas génial, mais je me disais que la prochaine fois ça allait se faire et qu'on allait coucher ensemble rapidement et devenir mari et femme pour toute la vie, et qu'ensuite j'allais avoir un meilleur ami.

« Ma mère t'a trouvé très sympa », m'a dit Giulia quelques jours après.

La deuxième tentative a été tout aussi fructueuse. Pourtant là encore je peux vous dire que je me suis fait violence : je les ai accompagnées en boîte. C'est la seule fois de ma vie où je suis allé en boîte à Paris, d'ailleurs. Les filles m'ont traîné sur une horrible péniche, vous en avez peut-être entendu parler, je ne sais plus comment ça s'appelait. C'était vers le pont d'Austerlitz. J'espérais qu'on allait se faire refouler parce que je sentais mes forces m'abandonner à mesure qu'on approchait. Malheureusement, on a pu entrer. C'était un endroit du diable, cette péniche, on se les gelait. J'étais accablé par la musique mais je hochais quand même un peu la tête, pour montrer que j'étais à fond. Dans tous les coins je passais devant des gens qui dansaient les yeux mi-clos, l'air en extase, et je n'arrivais pas à penser qu'ils y croyaient à ce point. Pendant que je faisais mon petit cinéma je me tenais aux murs parce que j'avais peur qu'il y ait des marches cachées.

Par moments, j'allais aussi rejoindre les filles qui étaient en transe devant un DJ. Ça me permettait de montrer aux hipsters que j'avais un point d'ancrage dans la soirée. J'essayais de faire un peu comme elles, par exemple si elles se mettaient à tortiller les bras je tortillais les bras aussi, mais bon, c'était aussi naturel pour moi que de scier du bois. Assez vite je reprenais mes allers-retours. Je faisais comme si je cherchais quelqu'un pour lui dire quelque chose, ça me rappelait la cour du collège. Pendant ce temps j'observais Giulia du coin de l'œil. Il y avait un mec en t-shirt blanc oversize et casquette à la con qui lui tournait autour. Je ne pouvais que reconnaître que sa technique de drague était plus efficace que la mienne, qui consistait à rester à dix mètres d'elle sans lui parler ni la regarder. Au bout du compte le malaise était tellement insupportable, ma vie était tellement nulle maintenant que le mec à la casquette allait se marier avec Giulia et que j'allais à nouveau me retrouver sur le carreau, sans la moindre illusion à laquelle me raccrocher, que j'ai décidé de filer. J'ai dit à Giulia que je courais attraper le dernier métro alors que je savais que je l'avais raté. « Je pense pas venir à la bibli demain », elle m'a crié en retournant danser.

Cependant il fallait bien que ça serve au moins à quelque chose. Le lendemain il y avait toutes mes tantes pour un goûter à Montreuil. À un moment l'air de rien j'ai lancé : « Je suis crevé, hier soir j'étais en boîte. » Elles ont eu un cri. « Ah bon !! Mais tu nous as jamais dit que t'allais en boîte !! Raconte !! » J'ai fait le mec qui s'y connaissait, j'ai dit *qu'il y avait quelques DJ pas mal.* Mes tantes étaient ravies. Toutes les filles devaient me sauter dessus, chou comme j'étais. Mais ma mère était inquiète. Au bout d'un moment elle m'a demandé :

« Rassure-moi mon chéri, quand tu vas en boîte tu mets des bouchons d'oreilles j'espère ? »

Ces deux échecs m'ont calmé. Mon amour pour Giulia a baissé en intensité. L'été est venu, je ne l'ai pas revue. Avec ses copines elle allait comme tout le monde à Berlin ou à Barcelone, moi je restais une nouvelle fois avec ma grand-mère et mes tantes à lire *Tintin.*

À la rentrée je me suis mis à me préoccuper de mon avenir. On pouvait partir à l'étranger en troisième année.

C'est vite devenu mon grand objectif. Dès le départ j'ai eu le fantasme de partir dans un pays froid, je trouvais ça plus romanesque. Sur mon CV imaginaire j'écrivais « marié et père de trois enfants – parle plusieurs langues nordiques ».

D'abord je me suis enthousiasmé pour le norvégien. Au fond c'était ce que j'avais toujours cherché sans le savoir, la Norvège... Enfin je trouvais ma voie. Je m'imaginais, voyageant au fond des forêts pour conclure des accords avec des peuplades ne se nourrissant que de saumon. J'ai téléphoné à ma tante Gladys pour lui annoncer que je me mettais au norvégien et que désormais plus rien n'allait être comme avant dans ma vie. Elle m'a félicité : « Oh là là mais c'est super, ça, mon chou !! Bravo !! On viendra te voir quand tu seras ambassadeur !! »

Puis je me suis rendu compte que le cours de norvégien était le lundi à huit heures et que le danois était à dix heures. J'ai un peu hésité parce que le Danemark me semblait quand même super nul, comme pays. Mais c'était à dix heures. Finalement j'ai rappelé ma tante Gladys pour lui dire qu'en fin de compte j'allais apprendre le danois, parce que c'était beaucoup mieux. De nouveau elle m'a encouragé : « Ah oui c'est super aussi le danois, vas-y à fond !! Il paraît qu'on mange de très bonnes crêpes là-bas. »

Ma bénédiction reçue, je me suis engouffré dans le danois. Mes cours d'histoire n'existaient plus, je ne faisais plus que du danois. J'avais 20 à toutes les interros et chez moi ça continuait, je me mettais face à mon miroir et je me faisais des conversations en danois. Dès que quelqu'un osait insinuer que le Danemark n'était pas un endroit palpitant je m'énervais et je lui disais qu'il était fermé d'esprit. Mais bon, malheureusement, il n'y a pas eu d'exception danoise. Au bout d'un mois tout cela est retombé. L'espérance de vie moyenne de mes lubies n'a pas été dépassée. Et c'est alors que j'ai franchi le pas, et que je me suis tourné vers la Russie... Il y avait une fac à Saint-Pétersbourg qui faisait un programme d'échange avec de soi-disant cours de relations internationales. C'était parfait pour ma carrière de diplomate. J'avais hâte de faire mon dossier d'inscription. C'était la chose dont j'avais le plus hâte, avec celle de prendre mes billets d'avion. Ensuite j'avais aussi un peu hâte d'y aller. Je savais que j'allais faire ma première fois là-bas et que j'allais revenir avec une belle Russe et qu'on allait se marier. En fait c'était pour ça que j'étais resté puceau si longtemps, c'était parce qu'il me fallait une femme de l'Est...

Un soir à cette époque il y a eu chez mon père un incident dont il faut que je vous parle. Figurez-vous que ma grande sœur Violette est venue dîner. C'était exceptionnel, ça devait arriver une fois tous les deux ans. J'espérais que ça allait bien se passer. Et puis ça me mettait toujours mal à l'aise de voir Violette. Je ne savais même plus où elle habitait. C'était un peu gênant de demander à ma grande sœur : *Et toi, t'habites où déjà ?* Et c'était comme ça pour tout. À un moment comme elle parlait beaucoup des musées je lui ai demandé : « Ah tu vas souvent au musée ? » J'espérais me faire bien voir. Elle m'a regardé bizarrement et elle m'a répondu : « Non, c'est juste que je travaille dans un musée. »

Encore raté, je me suis dit. J'ai décidé de me taire. De toute façon on n'avait pas besoin de moi, Violette et Ursula parlaient sans discontinuer, en se coupant la parole et en commençant toutes leurs phrases par « ah nan mais moi ». On se serait cru à Sciences Po. Dès qu'elle pouvait Violette parlait de sa fille. Sa fille qui a mon âge, vous vous souvenez. À chaque fois elle se retournait vers moi en me disant *ta nièce*, comme si c'était de ma faute. *Ta nièce, ta nièce.* Il y avait quelque chose de cruel dans le fait d'avoir une nièce alors que j'étais toujours puceau. « Ta nièce est en deuxième année à la fac, enfin comme toi. » Mais sinon, ça restait gérable. C'était à peine si Ursula lançait quelques piques à Violette, du genre « ah tu as vraiment mauvaise mine, non ? ». Je commençais presque à penser qu'on allait s'en sortir indemnes. C'est au fromage que tout a dérapé.

Allez savoir pourquoi, elles se sont mises à parler des châteaux. Ursula disait que c'était très élégant d'avoir un château, Violette soutenait que c'était démodé. Je me disais *heureusement que personne ne les enregistre.*

« J'ai un client qui m'a invitée l'autre jour dans son château près de Rambouillet, je peux te dire que c'était pas démodé !

— Ah nan mais moi cet été j'étais à un mariage dans un château, c'était ringard, et puis je trouvais que...

— Ah tiens à propos de mariage ça me fait penser ! » a dit Ursula en lui coupant la parole.

Il y a eu un silence. Mon père était gêné. « Vas-y, dis-leur ! » a claironné Ursula. Il hésitait. J'ai posé ma tartine avec un mauvais pressentiment. Mon père a fini par déclarer, tout penaud :

« Voilà les enfants, Ursula et moi on s'est mariés, il y a un mois ou deux. On voulait vous le dire et puis... »

Violette s'est levée. Mon père ne savait plus où se mettre.

« C'est une blague ? »

Ce n'était pas une blague. Il est bel et bien apparu que mon père et Ursula s'étaient mariés en cachette. Ils n'avaient prévenu personne à part la vieille Allemande. Moi, honnêtement, ça ne me faisait ni chaud ni froid. Mais Violette était scandalisée. « Tu nous as même pas invités à ton mariage, t'es vraiment un salaud ! » Ça tournait mal. Plus la tension montait plus j'avais le souffle coupé. Je chuchotais à Violette « c'est bon, laisse tomber ». J'aurais été prêt à tout pour qu'il n'y ait pas de conflit, j'aurais accepté de chanter des chansons de Noël s'il avait fallu. Mais c'était mal barré, Violette continuait à crier qu'elle se sentait blessée et trahie. Au bout d'un moment Ursula a lancé : « Nan mais ça va, tu vas pas nous en faire tout un plat ! — Oh non Ursula je t'en prie, pas ce soir », a murmuré mon père.

C'était trop tard. Très vite Ursula et Violette se sont retrouvées debout de part et d'autre de la table. Mon père a enlevé la bouteille. Ursula était supérieure dans le côté théâtral, je dois reconnaître. « Tu m'as toujours fait chier avec tes principes de merde », elle a gueulé à Violette en donnant un gros coup de poing sur la table. Mon verre est tombé et s'est cassé dans mon assiette. Ma tartine était foutue. À ce moment j'ai vu Violette empoigner la carafe. Je me suis dit *ouh là, faudrait pas non plus que ça dégénère trop.* Pour autant je ne bougeais pas. Mon père non plus. Il chuchotait simplement « Ursula, pitié... » Ça a duré quelques minutes comme ça. J'avais des instants de lucidité où je me disais que cette fois c'était bon, j'allais les quitter, les deux tarés. Finalement Ursula a hurlé : « J'me casse ! »

On a entendu des fenêtres se fermer dans la cour. Les voisins sont habitués, ils ferment simplement leurs fenêtres. « Bah vas-y casse-toi », lui a répondu ma grande sœur Violette. Ursula a pris son assiette et l'a flanquée par terre, en guise de réponse. Mon père a chuchoté :

« Oh non Ursula pas les assiettes...

— Toi tu la fermes », elle lui a gueulé.

Elle s'est éloignée en appuyant de tout son poids sur le parquet. Un instant j'ai cru qu'elle allait cracher sur mon père en partant mais elle s'est abstenue, pour rompre les traditions peut-être. Et on l'a entendue claquer la porte.

Après cette belle soirée, j'ai décidé que j'avais eu ma dose. C'est surtout ce mal de ventre, l'angoisse du conflit qui monte, que je ne pouvais plus supporter. J'ai dit que je n'arrivais plus à gérer deux maisons à la fois et je me suis installé complètement chez ma mère. Elle était au septième ciel. « C'est tellement bien que tu sois avec nous tout le temps, mon chou bidou. »

Pour la première fois de ma vie je me suis donc retrouvé à vivre dans un seul endroit. J'ai trouvé ça agréable. Fini, l'éternel trimbalement de mon gros sac tous les trois jours. Plus besoin de choisir à l'avance mes caleçons pour la semaine. C'est là, au moment où je me suis stabilisé à Montreuil, que j'ai compris que de déménager sans cesse pendant quinze ans avait dû un peu me fragiliser mentalement. Bon, et puis il y a eu autre chose de positif. J'ai du mal à y croire moi-même. Vers la même époque, je me suis mis à me déplacer *en scooter*. Je ne sais pas ce qui m'a pris. J'ai peut-être vu ça dans un film. Ça ne s'est pas fait tout seul, bien sûr, au départ ma mère était catégorique. Elle disait que j'allais y laisser ma peau. « Je ne te vois pas du tout sur un scooter », elle me répétait. Ça me vexait.

« Quoi, qu'est-ce que t'insinues ?

— Mais rien mon chéri, c'est juste que... Tu sais il y a plein de façons d'être viril... »

Elle a fini par céder, mais j'ai dû faire des compromis. En particulier il a fallu renouer avec quelque chose dont j'avais réussi à me débarrasser vers mes quatorze ans, à savoir l'envoi du message d'arrivée à ma mère. « C'est bon », je devais lui écrire, sous peine d'être harcelé d'appels. Elle me répondait « bonne journée mon chéri !! », avec des oursons. Quand j'y repense aujourd'hui je me demande comment j'ai pu, moi, circuler en scooter dans Paris sans m'évanouir à chaque instant... En vérité j'aimais bien. Les soirs d'été je sortais faire un tour, je roulais avec le vent chaud dans le dos, c'était mieux que de rester à la maison. Mon scoot m'a même aidé à passer l'épreuve du 31 décembre, qui est le jour de l'année que je redoute le plus. Il y a eu un nouvel an, mon premier nouvel an d'homme motorisé, j'avais dix-huit ans, que j'ai passé sur mon scooter. Je n'avais rien de prévu. J'ai dit à ma mère que j'allais à une soirée et j'ai roulé dans Paris pendant deux ou trois heures, sous une petite pluie. Je prenais les avenues au hasard. Au moment du décompte de minuit j'étais arrêté à un feu rouge. Il y avait une soirée dans l'immeuble d'en face, j'entendais la musique. Les filles sur le balcon m'ont crié : « Bonne année ! » Le feu est passé au vert et j'ai redémarré.

Là en revanche où j'ai regretté de ne plus aller chez mon père, c'est quand je me suis retrouvé seul avec ma mère et ma petite sœur : Stefano s'est barré. Fin de notre aventure italienne. Fin temporaire, cela dit, car au bout d'un an ma mère m'a annoncé qu'ils se remettaient ensemble, « mais seulement pour le meilleur ». Je ne faisais pas de commentaires. Il venait de temps en temps, aux heures du meilleur. Ensuite ils se sont remis ensemble pour le meilleur et pour le reste aussi. Puis ils se sont séparés de nouveau... Et ainsi de suite. Mais donc il y a quand même eu une longue période où Stefano n'était plus là. Antoine et Juliette non plus, ils n'allaient pas venir sans leur père. C'est comme ça qu'on s'est retrouvés seulement à trois dans la maison, c'était absurde. On menait notre vie de couple, ma mère et moi, avec notre enfant, c'est-à-dire ma petite sœur. Assez vite, ma mère a découvert qu'avoir une grande maison à Montreuil avait aussi des inconvénients, et en particulier celui d'être ruineux. Elle se plaignait qu'elle ne pouvait plus payer le chauffage *pour cette énorme maison.* J'avais envie de lui dire *mais personne t'a forcée, bordel.* Elle ne pouvait plus non plus payer le jardinier et la femme de ménage, elle ne gagnait pas assez avec ses cours de yoga. Et donc, plutôt que de renoncer au jardinier et à la femme de ménage, elle a décidé d'utiliser la maison elle-même pour payer la maison, c'est-à-dire de prendre des colocs. Eh oui... Après la famille recomposée, j'ai ainsi été plongé dans une nouvelle ère, celle de la colocation. Enfin en réalité c'était la même chose. La famille recomposée, c'est déjà vivre avec des gens, être gentil avec eux, et trouver des choses à leur dire lorsque malgré vos précautions vous les croisez dans la cuisine. Mais là c'était le niveau au-dessus. Je ne pouvais même plus m'en prendre à l'Amour. C'était juste des gens comme ça, que je croisais dans les couloirs.

D'abord, il y a eu une fille un peu engagée, qui avait la trentaine et qui allait à des manifs. Caro, elle s'appelait. Ma mère l'a mise dans l'ancienne chambre d'Antoine, celle en face de la mienne. Je partageais avec elle mon palier et ma salle de bains. Elle laissait ses gros cheveux dans la douche. Moi en sortant je vérifiais dix fois qu'il ne restait pas de traces douteuses. Mais le pire, la chose la pire au monde, c'était quand je commençais à huit heures, que je me levais d'humeur caverneuse, que je n'aspirais qu'à une chose, boire mon café en silence et ne parler à personne avant plusieurs heures, et qu'au moment où j'ouvrais ma porte, l'autre en face ouvrait la sienne aussi ! « Bonjour », on se disait, avec déception. Je comprenais que j'allais devoir me la coltiner pendant tout le petit-déj. En descendant l'escalier derrière elle j'espérais qu'elle allait tomber, glisser, disparaître. Un autre que moi peut-être l'aurait poussée. Mais je n'osais pas, et on se retrouvait tous les deux dans la cuisine. Le piège se refermait. Alors je ne pouvais même pas profiter de mon moment seul à seul avec mon café, il fallait faire semblant de s'intéresser à ce qu'elle racontait. Elle parlait tout le temps de littérature, elle était soi-disant férue de littérature. Par moments je me raidissais car j'avais peur de brusquement, malgré moi, lui hurler de foutre le camp. En tout cas, comme il fallait s'y attendre, ma mère a vite développé une passion pour cette maudite Caro. Elle en parlait à tout le monde. Elle me reprochait de ne pas m'intéresser à elle. « Mon chéri Caro c'est une fille passionnante, tu devrais lui parler un peu plus. Tu sais la vie c'est avant tout des rencontres. »

Mais bon, Caro avait beau être une fille passionnante, le loyer de sa chambre ne payait qu'une partie du chauffage, et après ça il restait la femme de ménage et le jardinier. Ma mère a donc décidé de prendre un deuxième coloc. Cette fois elle s'est tournée vers une sorte d'asso qui proposait aux bobos montreuillois d'accueillir des réfugiés pour se donner bonne conscience. En plus de Caro on s'est donc retrouvés avec un réfugié kényan, ça devenait l'Armée du salut. C'était un mec de mon âge qui apparemment avait fui son pays dans des conditions difficiles. J'étais gêné, avec mon scooter et mes petites baskets. « Tu vois ça permet de relativiser, m'expliquaient mes tantes quand elles venaient goûter. Tu te rends compte à quel point tu as de la chance ? » Ma mère supposait qu'il avait dû s'enfuir à cause d'un certain problème d'orientation sexuelle. Je le regardais avec intérêt. Par moments je rêvais que j'allais m'introduire dans sa chambre pour par exemple évoquer côte à côte avec lui dans son lit la question des réfugiés. Mais dès que je m'en rendais compte je secouais la tête et je m'efforçais de penser à Giulia.

Alors, à ce propos... Il y a encore un dernier épisode que je dois mentionner, et ensuite il serait temps que je commence à vous parler de la Russie. Quelques mois avant mon départ pour mon année à Saint-Pétersbourg, j'ai fait une rechute : de nouveau j'ai senti *que j'étais amoureux de Giulia.* C'était flagrant comme elle me plaisait. Je me disais *mais si, elle a vraiment des beaux yeux.* Elle aussi, la manière dont elle me regardait, c'était sûr qu'elle était amoureuse de moi. La vérité c'est surtout que le temps commençait à presser. Dix-neuf ans, toujours puceau... Comme je ne tenais pas à entrer dans le livre des records je me suis décidé à agir.

Un jour où j'avais une heure devant moi avant mon cours d'histoire grecque, je lui ai téléphoné. « Salut, est-ce qu'on peut se voir maintenant ? J'ai quelque chose à te dire. » Elle m'a répondu « ok j'arrive, j'espère que tout va bien ». Je prévoyais de lui déclarer ma flamme, puis de lui proposer de venir avec moi à Key West aux prochaines vacances. J'avais hâte d'annoncer aux autres que je partais en vacances avec ma copine. Enfin j'étais comme n'importe quel mec allant déclarer sa flamme. Il ne fallait juste pas que ça dure trop longtemps, parce que je ne devais pas être en retard en histoire grecque. On s'est donné rendez-vous au café place Saint-Sulpice. Ce que je n'avais pas prévu c'est que tout de suite, en arrivant, elle m'a demandé :

« Qu'est-ce qui se passe ? Qui est mort ? »

Bien sûr j'aurais dû m'arrêter là. J'aurais dû comprendre ce que j'étais en train de faire, comprendre que je n'étais pas plus amoureux d'elle que de ma plante verte. Mais j'avais tellement envie d'être amoureux que je ne me rendais compte de rien. De toute manière il n'y avait plus de demi-tour possible. J'ai répondu :

« Ah non, personne n'est mort... C'est beaucoup plus joyeux... Voilà, j'ai deux choses à te dire. »

Elle me regardait avec des grands yeux. Je me suis lancé :

« La première chose c'est que... Je crois que je suis amoureux de toi. »

Ça a jeté un froid. Elle avait imaginé tout sauf ça. J'ai bu une gorgée de café en attendant, comme si je venais de lui proposer un dîner. Elle a fini par articuler :

« Mais moi je suis pas amoureuse de toi, César. T'es mon meilleur ami mais je suis pas amoureuse de toi du tout. »

J'ai encaissé le coup en souriant. Je n'avais plus qu'à disparaître. C'était soudain tout mon petit drame que j'avais face à moi, celui du mec qui en est réduit à se faire éconduire pour un amour qu'il a inventé. Mais je suis resté digne. Je me suis levé. « Bon bah je vais te laisser alors... Je vais payer les cafés.

— Et la deuxième chose ? m'a demandé Giulia.

— Non, c'est pas la peine, du coup », j'ai répondu. Je n'allais pas lui dire *oui, je voulais te proposer de partir à Key West pour notre lune de miel.* Je lui ai fait un petit signe. Et je suis allé en cours, comme après un rendez-vous normal.

Ça reste à ce jour la seule fois où j'ai fait une déclaration d'amour à quelqu'un. Dommage que ç'ait été un amour imaginaire. Ensuite, on ne s'est pas parlé pendant un an. Moi je racontais aux gens que j'avais eu une déception amoureuse. J'étais content, on allait croire qu'il se passait des choses dans ma vie. « C'est dur, l'amour », me disaient mes tantes.

*

Ici il commence à faire vraiment chaud. Un soir sur deux je me force à aller courir. En me voyant passer en tenue ma grand-mère lève le nez de son ordi, dans un grand bâillement. « Tu sais ce que je vais faire, elle me lance. Je vais boire un verre de vin, pour me réconcilier avec la vie. » Puis je mets mes lunettes de soleil et je referme la porte.

Quand je rentre il fait nuit. Au début de la rue, sur le porche d'une des maisons, il y a des musiciens qui font un petit concert tous les soirs. En temps normal ils jouent dans les bars, mais là comme tout est fermé ils tournent en rond. Vers huit heures les gens du quartier viennent les écouter. Chacun amène son transat. Ils se mettent sous les arbres, pour avoir un peu de fraîcheur. Il y a Tom Olson, il y a les deux vieux perroquets... Sharon aussi est toujours là, elle récolte des ragots à droite à gauche. Enfin les gens sont contents. De temps en temps certains vont devant chez nous pour voir si ma grand-mère est là et essayer de la ramener au concert, mais elle ne répond pas, elle se cache. Je leur dis que je ne sais pas où elle est. Une fois à l'intérieur j'ose enfin enlever mon t-shirt blanc. Il y a des jours où je me demande si je ne vais pas devoir le découper pour l'enlever, tellement il est collé par la sueur. Et je vais prendre ma douche dehors. Au-dessus de ma tête à travers les feuilles de l'acajou je vois les étoiles. Tout est calme. Je me dis *profite du moment présent, profite du moment présent.* Mais c'est seulement maintenant, en vous le racontant, que j'ai l'impression de le vivre pour de vrai.

Ensuite on dîne dehors avec les ventilos braqués sur nous. Madame reste en robe de chambre toute la journée à présent, elle dit qu'il fait trop chaud pour se changer. De temps en temps je vois un de ses seins dépasser mais je n'y fais plus attention. Après soixante dîners en tête à tête, on baisse la garde... Ce qui me préoccupe beaucoup plus, c'est le manguier qui est juste au-dessus de la table. Car il ne s'agit plus des petites fleurs qu'il y avait au mois de mars, maintenant ce sont de vraies mangues. C'est autre chose. Ça devient dangereux, de dîner. Ma grand-mère met la bouteille de blanc à l'abri sous la table. « Tu imagines si ça tombe dans mon verre », elle me dit, alors que je pense plutôt à son crâne en priorité. Le drame n'est pas encore arrivé. Les mangues tombent toujours à quelques centimètres de nous, en faisant un bruit énorme. Ma grand-mère pousse un cri. « Je vais finir par devenir folle, avec ce manguier », elle marmonne.

À part ça, dans les animations, il y a aussi eu le coup de fil hebdomadaire de ma mère et mes tantes. Je l'ai pris en cours de route parce que j'ai d'abord fait un saut aux urgences plus tôt dans la matinée. J'étais persuadé de m'être décroché la mâchoire. Je n'en ai pas parlé à ma grand-mère. L'air de rien j'ai pris mon vélo en disant que j'allais faire une balade, et j'ai pédalé une heure à travers l'île jusqu'à l'hôpital. On m'a dit que tout allait bien et on m'a demandé deux cents dollars. J'ai beaucoup regretté. Quand je suis rentré, elles étaient en conférence toutes les cinq. Ma mère et mes tantes essayaient de négocier pour se faire offrir une nouvelle voiture. Elles se plaignaient qu'elles n'en pouvaient plus de leur Clio. « Mais vous me prenez pour la Banque de France, ou quoi », râlait ma grand-mère. Depuis toujours ma mère et mes tantes partagent une vieille Clio à Paris. Elles se la passent, elles se la déposent, elles se la reprennent, c'est toute une affaire. Il y a d'intenses batailles sur les pleins d'essence. Ma tante Audrey surtout est accusée de radinerie, ce qu'elle réfute en criant « mais je vois pas pourquoi je paierais l'essence des autres ». Comme la Clio posait de graves problèmes logistiques, par exemple qui allait pouvoir s'en servir le premier jour des soldes, il y a même un groupe WhatsApp qui a été créé, le *groupe Clio*. On m'y a mis de force moi aussi. Je suis censé faire le juge de paix. En réalité sur le groupe il est rarement question de la Clio, elles se donnent rendez-vous au ciné ou bien se demandent leur avis sur des manteaux. Moi bien sûr j'ai tout désactivé, les groupes WhatsApp étant l'un de mes pires cauchemars. Souvent mes tantes me reprochent de ne jamais répondre sur le groupe Clio.

Ce qui est drôle c'est qu'en fait elles l'ont déjà choisie, leur nouvelle voiture. Simplement elles n'osent pas en parler frontalement à ma grand-mère. Je le sais parce que je les ai accompagnées chez le concessionnaire, en février, avant de venir ici. Je m'y connais autant en voitures qu'en base-ball mais elles voulaient absolument que je les conseille. C'était dans le seizième. On y est allés en Clio, j'étais comprimé à l'arrière entre mes tantes. Elles étaient toutes en grande tenue parce que apparemment le mec au téléphone avait une *voix super sexy*. Ça rendait le voyage un peu plus intéressant. En arrivant j'ai vu qu'il y avait une voiture normale, une berline, et je leur ai dit que ça ferait l'affaire, mais elles n'étaient pas emballées. «Trop chic », a dit ma tante Gladys. On a continué, et on est tombés sur un gros 4 × 4. Là, c'était beaucoup mieux. « Ah oui ça j'adore, a dit Gladys. Oh là là qu'est-ce que c'est spacieux ! » Ce qu'elles aimaient bien aussi c'était qu'il y avait un grand coffre, comme ça elles pourraient transporter leurs grands dessins, quand elles en feraient. « Est-ce que c'est ça qu'on appelle un SUV ? » a demandé ma mère. Le mec a dit oui. Ma tante Gladys s'est alors écriée *qu'elle avait toujours eu horreur de la philosophie SUV.* Finalement, malgré la philosophie, elles se sont avoué que ce SUV leur plaisait pas mal. Ma tante Nadège a posé comme seule condition de faire changer les vitres. « Je ne peux pas supporter les vitres teintées, elle a déclaré. Ça fait trop bourge. » Le mec a dit qu'on ne lui avait jamais demandé ça, qu'en général les gens payaient pour avoir des vitres teintées et pas l'inverse. « Faites-les déteindre », a proposé Nadège.

Enfin tout ça pour dire que la voiture existe déjà mais que ma grand-mère ne sait pas encore qu'elle va devoir la payer. On va voir comment tout ça va finir... À un moment on a été interrompus parce qu'il y a eu de monstrueux éclats de rire dans la maison d'à côté, c'était la prof de yoga qui avait dû faire une blague et tout le cours de yoga s'esclaffait à travers la télé de la voisine. « Quelle horreur », a dit ma grand-mère. Grâce à ça on a changé de sujet, ma tante Audrey m'a demandé comment j'allais. Je lui ai dit que je travaillais tout le temps.

« Comment ça, tu travailles ?

— Euh bah j'écris, quoi...

— Ah oui, *tu écris* », elle m'a répondu, soulignant la différence.

Je n'ai pas relevé. J'essaie de rester zen. « Mais oui, il continue à écrire... s'est lamentée ma grand-mère. Je sais pas ce qu'on va faire de lui. » Il y a eu un silence. Ma tante Nadège a fini par s'écrier :

« Pourquoi tu ferais pas un peu de baby-sitting ? »

J'ai dit que j'allais réfléchir.

Enfin vous voyez, mes tantes se soucient beaucoup de mon avenir. J'ai de la chance. Elles se soucient pas mal de ma grand-mère, aussi. Elles lui reprochent de ne jamais faire d'exercice. Ma grand-mère s'abrite derrière le virus et leur dit *qu'elle a peur de sortir.* En réalité ici, niveau virus, ça va plutôt bien. L'autre jour je suis allé sur le site du journal local pour voir le nombre de morts, parce que c'est quand même assez excitant. Mais il n'y avait qu'un seul titre : « Dernière minute – un baleineau aperçu au large de la route ». Je me suis dit *bon, ça a l'air d'aller.* J'ai autorisé les veuves à revenir dîner. Elles sont ravies. On a même eu Tom Olson l'autre jour. Il m'a demandé des nouvelles de ma mère, d'un air innocent. J'ai eu envie de lui dire *à d'autres, Tom, à d'autres.*

7

Je suis arrivé à Saint-Pétersbourg à la fin du mois d'août, tout seul, avec mes valises. Il faisait déjà frais, il y avait un vent horrible. Le chauffeur de taxi me parlait mais je ne comprenais rien. On a traversé la ville et il m'a laissé face à une énorme barre d'immeubles très décatie, genre meilleur goût soviétique. Sur la façade la peinture dégoulinait par endroits. Au milieu de ce truc gigantesque il y avait une petite porte avec écrit : « résidence universitaire ». C'était là. Un instant j'ai hésité, je me suis demandé pourquoi je n'étais pas allé à Barcelone comme tout le monde. Mais un coup de vent glacé m'a vite fait revenir à moi, j'en ai eu un grand frisson. J'ai tourné la tête pour voir d'où venait ce vent sinistre et là, au bout de la rue, j'ai vu qu'il y avait la mer. *Génial, je vais pouvoir aller à la plage tous les jours,* j'ai pensé. Puis tout de suite je me suis souvenu que c'était la mer Baltique, et d'ailleurs j'ai remarqué qu'il n'y avait pas de plage. À la place il y avait un chantier, juste le long de la mer. On construisait une autoroute. J'ai déchanté. Un nouveau coup de vent m'a glacé les os et j'ai poussé la porte.

À l'intérieur j'ai été accueilli par un gros gardien en gilet de laine et charentaises. Il s'est mis à me crier « *niet ! niet !* » et à me faire de grands gestes quand j'ai essayé tant bien que mal de passer le tourniquet avec mes valises, donc j'ai abandonné. Ça a eu l'air de le calmer. Il a recommencé à me donner des ordres en russe mais finalement voyant que je ne comprenais rien il m'a simplement indiqué un couloir en me criant « *commandante, commandante* ». Je lui ai fait un sourire gêné, je me suis dit *qu'est-ce qu'il me veut, avec sa commandante ?* J'ai suivi un long couloir. Et en effet j'ai fini par tomber sur une porte avec une pancarte où au bout d'une minute j'ai déchiffré « Commandante ». J'ai frappé. Mon cœur battait. Depuis l'intérieur une voix m'a hurlé quelque chose. J'ai poussé la porte, en espérant qu'on m'avait hurlé « entrez » et non pas « foutez le camp ». Une dame se tenait à son bureau avec des trucs à bigoudis dans les cheveux. Elle avait une doudoune sans manches rose et un gros pull en laine. Je n'en revenais pas qu'ils soient déjà tous en laine au mois d'août. Ça m'a fait plaisir. En plus sur le bureau à côté du petit drapeau russe il y avait une plaque avec écrit « Commandante », je trouvais ça génial qu'il y ait bien une commandante dans l'immeuble. Ça, c'était un voyage, ce n'était pas comme tous ces cons qui étaient allés à Barcelone. Enfin l'aventure, le changement. Après m'avoir fait signer des dizaines de papiers auxquels je ne comprenais pas un mot la commandante m'a donné un trousseau numéroté « 72 ». Et elle m'a fait signe de débarrasser le plancher.

J'ai pris un premier ascenseur jusqu'au septième étage. J'ai cherché le numéro 72. Ce n'était pas ça, c'était d'autres numéros. Je suis redescendu. Je n'osais pas retourner chez la commandante pour lui demander mon chemin, de toute manière je n'aurais pas su lui demander. Finalement après avoir erré dans les couloirs j'ai trouvé un autre ascenseur. Je suis arrivé à un autre septième étage, je ne comprenais rien. Il n'y avait pas un bruit. Ça faisait un peu parking souterrain. Heureusement que ma mère ne voit pas ça, je me suis dit, sinon elle serait déjà en train de harceler l'ambassade pour me faire rapatrier. J'ai fini par dénicher la porte 72. Je n'avais aucune idée de ce que j'allais trouver derrière, mais c'était là que j'étais censé habiter un an. Surtout je priais pour qu'il n'y ait personne parce que j'avais honte de débarquer face à des gens *qui étaient déjà là...* Je suis entré. Personne. J'ai respiré.

C'était un petit appartement. Au sol, il y avait un lino marron. Les meubles étaient marron. Les murs de l'entrée étaient aussi marron. *Bon,* je me suis dit. *Pas grave.* Il y avait deux chambres mais ma clé n'en ouvrait qu'une. Surprise : tout était marron. Lino marron, meubles marron. Aux murs en revanche il y avait un papier peint à bandes verticales dont *seulement une bande sur deux était marron,* ce qui m'a soulagé. L'autre était beige. J'ai contemplé un peu ma nouvelle chambre, et j'ai remarqué qu'il y avait deux lits. Deux petits lits, de chaque côté. Je me suis dit *tiens c'est sympa, ils m'ont mis un canapé.* J'étais ravi, j'allais pouvoir mettre mes fringues en boule sur l'autre lit. Puis je me suis fait la réflexion que c'était quand même bizarre qu'il y ait aussi deux bureaux et deux armoires. J'ai pensé que c'était un truc de Russes, la démesure, la symétrie... Et je suis passé à autre chose.

En voyant la cuisine j'ai été bien étonné. Non seulement les murs n'étaient pas marron, ils étaient recouverts d'un papier peint couleur crème qui pendouillait de partout, mais surtout il y avait un balcon ! Quelle chance ! J'avais bien fait de venir dans ce pays. Je me suis précipité vers le balcon. La porte était bloquée, la poignée m'est restée entre les mains. En essayant de la remettre j'ai vu que la porte était fermée çà et là avec du scotch, ça m'a semblé folklorique. J'ai réussi à sortir. À peine arrivé sur le balcon, je me suis pris un grand coup de vent glacé dans la gueule. 25 août... La réalité m'a vite rattrapé : je n'allais pas utiliser ce balcon de l'année. C'était de la provocation, pourquoi pas un poster de cocotiers. « Super, leur balcon », j'ai marmonné en appuyant de toutes mes forces pour refermer la porte.

Le soir est venu. Il allait bien falloir que je mange quelque chose. Je me suis décidé à sortir. J'ai mis mon pull en laine, pour faire local, et je suis descendu chez la commandante. Elle m'avait fait comprendre qu'il fallait que je lui donne mes clés à chaque fois que je sortais. Elle regardait un film, à présent. Sans tourner la tête elle m'a tendu la main. J'ai repris le couloir. Au tourniquet le gros gardien m'a fait passer, en marmonnant quelque chose.

Dehors j'ai un peu examiné les environs. La rue devait faire cent mètres de large. Et c'était une petite rue de rien du tout. De chaque côté de la rue il y avait une barre d'immeubles monumentale, de peut-être cinq cents mètres de long. À un bout, il y avait la mer et le chantier de l'autoroute. À l'autre bout, ça donnait sur ce que les Russes eux-mêmes consentaient à appeler une avenue, et qui était une sorte d'énorme truc à deux fois trois voies, avec des terre-pleins et des contre-allées. C'était mon petit quartier. J'avais l'impression de commencer une nouvelle vie. J'étais tout jeune, vous savez, tout jeune. J'avais dix-neuf ans.

Dans la rue de vieilles dames marchaient lentement avec des manteaux colorés, et me regardaient comme si je venais d'une autre planète. Les hommes portaient tous des bonnets. Il y avait des enfants sur des tricycles. Au coin de l'avenue j'ai trouvé un supermarché, ça n'avait pas l'air très bio mais je me suis risqué quand même. J'ai pris pâtes biscuits yaourts, de quoi me faire un repas équilibré, et je suis rentré. La commandante avait mis une couche de plus sous sa doudoune, je me suis demandé comment elle allait s'habiller en janvier. Elle m'a tendu mes clés sans un mot. Une fois là-haut j'ai entrepris de me faire mes pâtes, sauf qu'assez vite l'odeur de l'eau du robinet m'a semblé tellement louche que j'ai tout arrêté. Ça sentait le métal, le métal lourd. J'ai essayé le robinet de la salle de bains, pour voir, mais ce n'était pas mieux parce que c'est de l'eau marron qui est sortie. Je me suis dit *tiens, même l'eau est marron.* Au bout d'une minute elle est devenue plus claire, mais je peux vous dire que ça m'a passé l'envie de boire un seul centilitre de ces robinets affreux. Les tuyaux devaient venir directement de l'usine chimique du coin. Je ne savais pas quoi faire, je tournais en rond dans la cuisine. Qu'est-ce que je foutais là ? Tout était empoisonné, j'allais crever. Je rêvais que ma mère venait me faire des carottes râpées. Finalement, comme je ne pouvais pas cuisiner, je me suis nourri d'un yaourt. C'était lugubre. Par la fenêtre je voyais l'énorme immeuble d'en face. Il faisait nuit. J'étais tout seul, tout seul, tout seul. Je suis resté des heures à me tournicoter les cheveux en me demandant comment je pouvais tout annuler et aller à Barcelone. À un moment mon regard est tombé sur le frigo et j'ai remarqué qu'il y avait un mot dessus, traduit en anglais. C'était la première fois que je voyais quelque chose en anglais, ça devait être primordial. Peut-être les codes internet. Mais non, c'était autre chose... Ça disait : « Il est obligatoire de nettoyer le frigo chaque semaine, sous peine d'être expulsé de la résidence. » C'était signé de la commandante. J'ai eu un peu peur, je n'avais jamais nettoyé un frigo de ma vie. Est-ce que j'allais savoir faire, pas sûr.

Le lendemain, je me suis réveillé en tremblant de froid. Il y avait peut-être un peu d'air qui passait à travers le scotch de la fenêtre. Je me suis dit *bon aujourd'hui je me secoue, je vais visiter la ville et rencontrer des gens.* J'ai visité un peu. Je n'ai rencontré personne. J'ai juste pris le métro jusqu'à la perspective Nevski. Je me suis tenu un peu comme ça, sur l'avenue, au milieu de l'énorme déversement d'un monde qui me semblait différent de tout ce que j'avais connu jusque-là. J'imaginais que dans cet inconnu j'allais devenir un autre homme. J'ai eu un grand coup d'angoisse, je suis vite rentré. À la résidence les couloirs étaient toujours aussi vides. Est-ce que j'allais rencontrer quelqu'un un jour, dans cette ville, ou bien est-ce que ça allait être comme à Paris ? Je m'en voulais d'être venu si tôt avant la rentrée. Ma mère m'avait pourtant imploré. « Mon chéri pourquoi tu pars si tôt, reste encore avec nous !! » Mais j'avais voulu partir à Saint-Pétersbourg le plus vite possible pour cacher le fait que je n'avais rien à faire à Paris. Le soir venu, de nouveau, je suis sorti pour m'acheter à bouffer. En montant dans l'ascenseur je suis tombé sur un mec qui en sortait avec une valise. Il m'a dit :

« *Hi, I'm looking for room 72.* »

Il avait un accent à couper au couteau. Je l'ai regardé comme le messie. J'ai souri, je lui ai dit :

« T'es français ?

— Euh ouais. Comment tu sais ? »

Il était vexé. J'ai changé de sujet. C'était un grand avec un col roulé, il n'avait pas l'air commode. Il m'a dit qu'il s'appelait Eudes. Je lui ai lancé « bon bah je crois qu'on va être colocs, ah ah », en essayant de faire le mec viril et sympa. J'ai fait demi-tour, je lui ai montré notre appart. C'était vite montré. Il avait la chambre d'à côté. On a un peu discuté, je m'efforçais d'être moi-même le moins possible et de lui ressembler le plus possible, ce qui est en général ma stratégie quand je rencontre quelqu'un. Puis Eudes a proposé qu'on sorte et qu'on cherche un endroit avec une connexion internet. Il n'y en avait pas dans la résidence. Certains prétendaient qu'en s'arrangeant avec la commandante, moyennant des sommes importantes, on pouvait obtenir des codes. Mais ce n'était pas prouvé.

On est sortis. Il faisait nuit. Ça allait déjà mieux, d'être avec quelqu'un. Du moins le stress était remplacé par un autre : je n'étais plus gêné vis-à-vis du regard extérieur car je n'étais plus seul, mais j'avais à présent le stress d'être à la hauteur et de *réussir la conversation.* On est allés jusqu'au métro. À pied c'était vingt minutes, dans le grand vent, le long des barres d'immeubles. J'examinais Eudes du coin de l'œil et j'ai remarqué qu'il portait des souliers très chics. Le genre de chaussures que ma mère rêverait de voir à mes pieds à la place de mes baskets pourries, elle serait prête à faire Saint-Jacques-de-Compostelle si ça pouvait me faire acheter des chaussures comme ça. « Mon chéri j'aimerais tellement que tu aies des vraies chaussures !! Tu sais l'élégance ça change tout chez un homme !! » Elle peut toujours courir. Je reste traumatisé par la fois où vers mes treize ans sur ses conseils j'ai acheté d'atroces chaussures en cuir à talonnettes, et où tout le collège s'est foutu de moi. Sur le chemin de la cantine les deux abrutis de la banane étaient venus me demander si je me travestissais. Bref, on s'est retrouvés au Burger King près du métro. Eudes envoyait plein de messages, j'avais l'impression qu'il avait cent personnes à prévenir de son arrivée. Moi j'ai juste écrit à mon père, histoire de, et j'ai posté un message sur le groupe Clio. Pour faire passer le temps je m'entraînais à lire le russe mais ce n'était pas encore ça. Je commençais à me dire qu'il aurait été plus intelligent d'apprendre le russe plutôt que le danois, avant de partir en Russie. En regardant les menus au-dessus du comptoir j'ai lu sur un panneau « Chicken Poll » et je me suis dit *tiens c'est quoi,* poll ? Comme s'il était surprenant que je ne connaisse pas un mot. Pour faire le mec qui connaissait tous les mots sauf *poll* j'ai demandé à Eudes : « Par hasard tu sais pas ce que ça veut dire, *poll* ? Je me souviens plus. » Il m'a regardé comme un demeuré et il m'a dit :

« C'est chicken *roll.* Le P, c'est un R. Chicken roll. »

J'ai bafouillé « ah oui c'est vrai, ah ah ». Encore raté une occasion de me taire. Mais bon, malgré tout j'étais content. On allait être bien, à deux dans cet appart. On n'était pas si mal installés.

Quelques jours plus tard tôt le matin on a toqué à ma porte. J'ai émergé péniblement et je suis allé voir, en caleçon. C'était la commandante et une espèce de grand mec avec des valises. Je les ai regardés quelques secondes, puis j'ai compris que j'étais en caleçon face à la commandante et j'ai couru enfiler un pantalon. Elle est entrée dans ma chambre comme si c'était l'ascenseur, elle a marché vers le lit où j'avais mis mes fringues et mon bordel, et tout ce qu'il y avait dessus, elle l'a balancé sur mon lit. Elle a fait signe au mec de s'installer sur l'autre. Et elle a claqué la porte, en me criant quelque chose qui n'avait pas l'air aimable. C'est alors que j'ai compris que j'étais dans une chambre pour deux. Le même jour, un Estonien est arrivé dans la chambre d'à côté. Un très bel Estonien. On était quatre. Les choses prenaient une autre tournure.

Le mec dans ma chambre était français. Encore un. Il avait des muscles énormes, il faisait du rugby. Le soir il se déshabillait face à moi en souriant. J'avais l'impression qu'il me disait *regarde, petit gringalet.* Moi j'attendais qu'il éteigne la lumière pour me déshabiller, je faisais comme si j'étais tellement dans mes pensées que j'oubliais que j'étais encore en jean et pull en laine. Il était venu à Saint-Pétersbourg avec sa copine et ils étaient très fâchés tous les deux de ne pas dormir dans la même chambre. En arrivant ils avaient demandé naïvement à la commandante s'il n'était pas possible d'être ensemble, mais évidemment elle leur avait passé un savon. La règle essentielle de la résidence, encore plus essentielle peut-être que l'obligation de nettoyer les frigos, était la séparation la plus stricte entre les garçons et les filles. Il était interdit aux garçons de recevoir des filles dans leurs chambres et vice versa.

C'était une résidence chaste. Ça m'arrangeait beaucoup. Quand les mecs disaient « vivement qu'on se trouve des petites Russes » je soupirais : « Mais comment veux-tu, on n'a pas le droit de ramener des filles dans nos chambres. »

Le mois de septembre est passé vite. On courait des journées entières à travers Saint-Pétersbourg pour obtenir des papiers très importants dont ensuite, une fois qu'on les avait, on ne nous parlait plus jamais. J'étais excité par toutes ces formalités, mais je ne le disais pas aux autres. Je leur cachais aussi toute la sympathie que j'avais pour les vieilles employées des administrations, avec leurs pulls en laine. Parfois alors qu'on avait attendu des heures dans un couloir bondé pour je ne sais quel obscur certificat, tout d'un coup elles déclaraient qu'elles faisaient leur pause réglementaire. Elles restaient immobiles chacune à son bureau, bras croisés, tête haute, *pour faire leur pause.* On était entassés dans le couloir, les autres demandaient si c'était une blague. Au bout de quinze minutes elles disaient que la pause était finie et elles appelaient le suivant. De toute façon, pause ou pas pause, souvent elles nous renvoyaient. Au début surtout, quand on était encore novices et que par exemple on signait au stylo bleu au lieu du noir. Elles nous riaient au nez. Je les admirais. Mais en dehors des plaisirs administratifs, ce qu'on faisait le plus, c'était d'aller en cours de russe. Tout de suite j'ai adoré ça. Je me suis plongé dans le russe comme dans la solution à tous mes problèmes. C'était bien structuré, tout devait être appris par cœur, c'était parfait pour moi. Je me récitais les déclinaisons tout le temps. J'en oubliais les départements. Les autres voyaient que je progressais vite, ils pariaient que je serais le premier à me trouver une petite Russe.

À la résidence il commençait à y avoir un peu d'ambiance. On dînait tous les trois, Eudes, l'Estonien et moi. On se nourrissait de concombres et de sardines en boîte. Les sardines étaient assez douteuses, certains jours je trouvais qu'elles sentaient les métaux lourds. Mais bon, il était possible aussi que je sente des métaux lourds partout. Au-dessus de la table de la cuisine on avait accroché une carte de la Russie. Le soir on la regardait et on réfléchissait aux voyages qu'on allait faire, en descendant concombre sur concombre. Quand il n'y avait personne je retournais dans la cuisine. Je me mettais devant la carte et j'imaginais que je racontais mes voyages à quelqu'un, je lui chuchotais *oui je suis allé là, c'était magnifique, ça te plairait...* À force j'ai connu toutes les villes de la carte.

Mais on s'est aussi fait des relations en dehors de l'appartement 72. D'abord Vanessa. C'était une jolie blonde qui était au même étage que nous, que l'on n'avait jamais vue mais qui un jour a ouvert notre porte à la volée en criant : « Salut, vous avez pas du sel par hasard ? » Elle s'est mise à venir nous voir de plus en plus, puis elle est venue tous les jours. Elle débarquait à l'improviste, en ramenant de la musique ou bien de la bouffe ou bien une de ses colocs. L'Estonien la trouvait un peu envahissante. Elle lui lançait « *Hi*, Maksim » en lui tapant sur l'épaule, et il regardait ailleurs. Rapidement Eudes et Maksim ont commencé à me dire *que j'avais un ticket avec Vanessa.* « C'est sûr que tu peux y aller, fonce ! » Je répondais « ouais ouais, je vais voir ».

Après Vanessa on a rencontré un mec de Sciences Po, Augustin. Encore un Français. Il n'y avait que ça. Je ne sais pas si vous vous souvenez, mais ce mec de Sciences Po c'est celui que j'ai croisé à l'aéroport en février, en venant à Key West. On l'a rencontré là-bas, donc. Dans l'ascenseur. Peu à peu il s'est mis à venir chez nous le soir lui aussi. Il y avait tellement de gens que je les confondais. À certains moments je me regardais dans la glace et je me demandais si c'était bien moi, chez qui désormais des gens venaient passer leurs soirées... J'étais très prudent. Ne pas me trahir. Personne ne devait savoir que j'avais pour coutume par exemple de passer mon nouvel an tout seul aux feux rouges. Mais dans l'ensemble ça allait. J'observais comment ils se comportaient, j'essayais d'être normal. Je m'empêchais de mater l'Estonien parce que ce n'était pas le moment de me griller.

Enfin voilà, notre cuisine est vite devenue le point de rendez-vous. Vanessa venait tout le temps, le mec de Sciences Po aussi. On jouait aux cartes. Eudes apprenait tous les jeux français à Maksim, je faisais comme si je les connaissais mais je les apprenais en même temps. Vanessa ramenait de la vodka, c'était moins cher que la bière, et elle nous faisait des mélanges. Le soir de mon arrivée où j'avais sangloté devant mon yaourt en pensant à ma mère n'était plus qu'un lointain souvenir. Je me sentais vivant comme jamais encore je ne m'étais senti.

Vers le début du mois d'octobre est arrivé ce qu'on avait tous prévu : le rugbyman et sa copine se sont fait coincer par la commandante. Ça faisait quelque temps qu'ils dormaient ensemble dans sa chambre à elle, puisqu'elle n'avait toujours pas de coloc. J'y trouvais mon compte. Je pouvais de nouveau me déshabiller *avant* de me mettre sous ma couette. En tout cas ça n'a pas manqué, une nuit la commandante a pris avec elle ses lieutenants, qui étaient deux babouchkas en doudoune sans manches et pull en laine, et elles ont fait une descente. Les amoureux avaient rapproché les lits, ils dormaient l'un contre l'autre. D'un coup la commandante a allumé la lumière en criant « debout ». Panique dans la chambre. Ils ont essayé de protester mais c'était inutile. Elle leur a donné vingt-quatre heures pour quitter la résidence, et elle est partie fièrement, en laissant la lumière allumée. Une des babouchkas qui parlait trois mots d'anglais s'est retournée vers eux en quittant la pièce et leur a dit : « *Very bad, very bad !* »

Je l'ai su tout de suite parce que le lendemain alors que je prenais mon petit-déj les deux amants sont entrés en furie dans la cuisine. Ils m'ont surpris en train de manger un concombre, ce que le matin je n'osais faire que lorsque j'étais seul. « C'est les Taïwanaises, elles nous ont dénoncés ! » m'a crié depuis l'entrée la copine. Le rugbyman m'a raconté l'histoire en répétant que c'étaient leurs voisines taïwanaises qui les avaient dénoncés, pas de doute, et qu'ils allaient se venger. Je l'encourageais « ouais, t'as raison ». Mais en moi-même je me suis dit qu'ils l'avaient bien cherché et qu'on ne se moquait pas impunément de la commandante.

Ce soir-là on était tous dans la cuisine. Vanessa avait ramené de la vodka à cent roubles, c'est-à-dire du poison. Je la buvais seul avec elle parce que les autres avaient refusé. Maksim essayait de nous apprendre un jeu de cartes estonien, *pour une fois*, mais il avait du mal.

Trop de bruit. Moi je me marrais tout le temps, ça faisait du bien. Même si ce n'était pas toujours quand il fallait. En particulier quand quelqu'un a dit qu'il avait habité à Lausanne et que Vanessa s'est écriée : « Oh la chance, j'ai toujours rêvé d'aller en Grèce ! » J'ai ri longtemps, mais tout seul, car l'humour des spécialistes des capitales est peu répandu. Tard dans la soirée le rugbyman et sa copine nous ont rejoints. Ils avaient leurs manteaux et leurs valises, ils étaient prêts à partir. Ils souriaient. J'ai trouvé ça louche. « C'est bon, on s'est vengés des Taïwanaises ! » a déclaré le rugbyman d'un air content. Ils nous ont dit au revoir et sont partis. Là-dessus Vanessa a crié « j'ai une idée ». Elle s'est levée. Elle était complètement ivre, elle a failli se prendre le mur. Je l'ai suivie. On a couru dans les couloirs. Elle m'a entraîné chez elle chercher des vieux confettis qu'elle avait trouvés dans un placard, puis on est revenus chez moi en courant. Je riais toujours. On est allés sur le balcon. Vanessa a voulu jeter les confettis sur les deux dingues mais elle a raté son coup, ils sont tombés sur le balcon d'en dessous. Je continuais à rire. On les voyait tout en bas, avec leurs valises, minuscules au pied des immeubles énormes. Un coup de vent gelé est arrivé du côté de la mer. Il faisait froid. Je me sentais bien. L'hiver approchait.

Avec le départ du rugbyman je me suis donc retrouvé seul dans ma chambre. C'était le luxe. J'ai remis mes fringues sur l'autre lit. Vers la mi-octobre la commandante dans sa mansuétude a enfin décidé d'allumer le chauffage. Il était temps. On commençait à se demander si c'était une résidence chauffée ou non, ou bien s'il y avait des papiers à faire pour avoir le chauffage, du genre des formalités qui nécessitaient d'aller à Moscou faire certifier les photocopies de nos passeports en huit exemplaires puis d'y retourner pour certifier que c'était nous qui étions venus. À l'automne on a fait nos premiers voyages. On partait tous ensemble, tout l'équipage de la chambre 72. Vanessa et le mec de Sciences Po venaient avec nous. C'était moi qui organisais tout, bien sûr. La réservation des billets de train me mettait en transe. Bientôt j'ai connu les horaires de tous les trains au départ de Saint-Pétersbourg. Je rêvais que j'embarquais dedans avec des gens qui ne connaissaient pas la Russie, comme Nils par exemple, ou Giulia, et que je leur faisais visiter. J'étais heureux qu'ils aiment ce que je leur montrais. Il faut dire que les trains russes, c'était quelque chose. Niveau lubie j'étais servi. La RATP et la SNCF me semblaient des choses minables, maintenant que je vivais au paradis du train. D'ailleurs encore aujourd'hui les trains russes me poursuivent. Parfois ici à Key West je suis face au miroir de ma salle de bains et je me surprends à chuchoter en russe « voie 1 le train Moscou-Khabarovsk entre en gare, attention ». Quand je m'entends j'ai honte et j'arrête.

La première fois, on est allés en Carélie. Ce n'était pas loin, juste une nuit de train. J'étais ému. J'avais pris des places en troisième classe. Toute l'année le mec de Sciences Po a insisté pour qu'on prenne des secondes mais j'ai toujours refusé, je préférais les dortoirs. Plus romanesque. Pour vous faire une idée, dans les wagons de troisième classe tout est ouvert, il n'y a aucune porte. Il y a simplement une allée avec deux couchettes d'un côté et quatre de l'autre. Les couchettes inférieures sont les plus convoitées. Les gens s'y prélassent bien au chaud dans leurs draps, pendant que ceux qui sont comprimés sur les couchettes du dessus se défoncent la tête contre le mur à chaque fois qu'ils bougent. Vous continuez le couloir et c'est la même chose dix fois de suite jusqu'au bout du wagon, les deux couchettes de droite et les quatre de gauche. Il faut bien faire attention cependant à ne pas se prendre des pieds dans la gueule en avançant dans le couloir. Il y a toujours des pieds qui dépassent ici ou là des couchettes du haut. C'est un peu le côté obscur des wagons de troisième classe. Enfin au bout du wagon il y a les toilettes, mais je préfère arrêter ma description ici.

On s'est donc retrouvés là-dedans pour notre premier voyage. Il devait être minuit, les gens faisaient leurs lits avant le départ. On ne comprenait rien. On avait des draps mais on ne savait pas lequel était lequel, on faisait n'importe quoi. Vanessa avait des fous rires. On avait chacun des sortes de gros rouleaux qu'on a pris pour des couettes et qu'on a essayé de fourrer dans les draps, mais ça ne marchait pas. Finalement les gens nous ont aidés. Il s'est avéré que les gros rouleaux étaient en fait des matelas et qu'il fallait les mettre sur les couchettes. Ensuite, on avait simplement un drap de dessus. Si on avait froid, il y avait des gros plaids plus ou moins miteux qu'on était censé se mettre dessus comme ça, sans drap. J'ai pris un gros plaid marron qui n'avait pas dû être lavé depuis Gorbatchev. Il fallait se déshabiller devant tout le monde, j'ai fait vite. J'ai juste eu le temps de jeter un coup d'œil aux fesses de Maksim. Et je me suis hissé sur ma couchette. Il n'y avait pas d'échelle, c'était à la force des bras.

J'ai dû m'y reprendre à deux fois. Le train est parti. La lumière s'est éteinte. Les yeux grands ouverts dans le noir j'écoutais le roulement magique. Bon, le gros plaid sentait quand même un peu le vieux. Je l'ai éloigné de mon nez, en espérant que les microbes n'allaient pas pouvoir sauter. Qu'aurait dit ma mère !

On a fait plusieurs voyages comme ça à cette époque, on est allés dans le Sud, on est allés à Mourmansk... Tout en groupe, c'était éprouvant. La nuit dans le train je me prenais le pouls pour vérifier que ça baissait un peu. Je dormais beaucoup. Comme le café était trop ignoble dans le train, et dans le reste du pays aussi d'ailleurs, j'ai dû me mettre au thé. Ma mère était folle de joie. « Mon chéri c'est super, tu vas te sentir beaucoup mieux dans ton corps !! Tu devrais commencer par le Lapsang Souchong, c'est un thé robuste et fin à la fois !! » En allant remplir ma tasse au samovar je traversais l'animation du wagon. Ça discutait de partout, les gens mangeaient leurs soupes ensemble et faisaient connaissance. Je revenais à ma place avec mon thé, en regardant bien devant moi. Rapidement je suis devenu maître dans l'art d'éviter les gros pieds puants qui dépassaient des couchettes du haut.

Le mieux, c'est quand j'ai traîné tout le monde en république des Komis. Je ne sais pas si vous voyez où c'est, c'est dans le Nord, vers l'Oural. Au début, à part Eudes qui était toujours partant et qui espérait pouvoir chasser l'ours, les autres n'étaient pas emballés. Augustin, le mec de Sciences Po, demandait si ce n'était pas dangereux de s'éloigner autant du consulat. Finalement tout le monde s'est laissé faire. J'ai une certaine puissance de persuasion pour ce qui est des transports, je vous rappelle que j'ai presque réussi à embarquer ma grand-mère sur un cargo Miami-Le Havre… Je leur ai vendu ce voyage en république des Komis en disant qu'on allait observer le grand tétras et visiter une ferme de saumons. Moi je n'avais jamais entendu parler de ce tétras mais ça avait l'air d'être connu. Même la ferme de saumons, personne n'a trouvé ça bizarre.

On est partis un soir tous ensemble. On avait une trentaine d'heures de train vers l'Est, jusqu'à une gare paumée où on devait prendre une correspondance. Le rêve. Quand on est arrivés là-bas les autres sont allés manger des brochettes dans une auberge croulante en face de la gare et moi je suis resté à errer sur les quais, pour vivre ma passion. De temps à autre un train transportant du bois passait avec des centaines de wagons. La neige n'allait pas tarder. Je faisais des projets de vie où je m'installais dans le Grand Nord. Ensuite, on a attrapé un train qui montait tout en haut, vers Vorkouta. Il était rempli de gros Russes en débardeur qui remontaient travailler dans les mines de je ne sais quoi. Ils nous regardaient jouer aux échecs Maksim et moi. J'étais super nul aux échecs. Évidemment il était estonien, lui, il avait ça dans le sang. Je perdais et je reperdais. De toute façon j'étais trop distrait, pendant que Maksim préparait quatre coups à l'avance mon regard était captivé par… Surtout par tout ce qui passait derrière la fenêtre. Les villages avec les maisons en bois, les forêts, les lacs partout. J'oubliais la partie. Les gros Russes en débardeur pariaient sur le nombre de coups qu'il allait falloir à Maksim pour gagner. Souvent je rêvais qu'il y avait entre nous un contrat, que par exemple celui qui perdait était censé faire un massage à l'autre, enfin ce genre de contrat. Pourquoi est-ce qu'il est si impensable qu'un mec normal demande à un autre : *Par hasard tu veux pas me sucer, là ?* C'est ça qui ne va pas dans notre société.

Le matin on est descendus dans une ville assez glauque, pleine d'usines. Un mec nous attendait avec une vieille Lada. On a roulé des heures dans la forêt sur une piste en terre défoncée, uniquement en zigzag parce qu'il y avait partout des marécages ou des montagnes de boue à éviter. Le chauffeur écoutait de la techno à fond. À un moment Augustin a prétendu avoir vu un ours au bord de la piste mais personne ne l'a cru, ce qui l'a mis dans tous ses états. « Mais putain pourquoi vous me croyez pas », il répétait.

Enfin, on est arrivés à un petit village en bois, perdu dans la forêt, construit sur les deux rives d'un fleuve. Les gens allaient d'une rive à l'autre en canot et l'hiver à pied sur la glace. On nous a installés dans une cabane. En face de la cabane, dans un enclos, une dame donnait le biberon à un petit élan. Pourquoi pas, je me suis dit. J'ai regardé la scène une seconde. Et d'un coup j'ai compris que je m'étais trompé, que ce n'était pas dans une ferme de saumons qu'on avait atterri, mais dans une ferme d'élans. Les deux mots sont très proches en russe, vous le savez peut-être. Je me suis excusé auprès de tout le monde. « Mais non mec c'est beaucoup mieux les élans, c'est beaucoup mieux », m'a dit Eudes, qui s'imaginait déjà chasser l'élan au harpon. J'ai accompagné Vanessa voir les bébés élans. « Alors tu la quittes plus, ta meuf », ont ricané les autres. J'ai ricané aussi, « ouais, ah ah ». Par moments je ne pouvais plus les encadrer.

Le lendemain matin des gardes forestiers nous ont réveillés à six heures. Ils nous ont lancé des parkas en criant « allez, on y va ». J'étais déjà prêt. J'avais mis mon réveil plus tôt pour faire un peu de respiration. En sortant de la cabane j'ai glissé sur une plaque de verglas. Tout le monde s'est marré. Ça y est, j'ai pensé.

On a suivi nos guides jusqu'au fleuve et on est partis, assis les uns derrière les autres, dans une sorte de pirogue à moteur. On avançait sur le fleuve énorme, tout autour il n'y avait plus que la forêt. On se les gelait, surtout. Les deux forestiers ont annoncé qu'on allait déjeuner. Tout en conduisant la pirogue ils nous ont d'abord fait passer des gobelets de vodka. Ensuite on a eu droit à des boulettes de viande et là je me suis dit que cette fois j'allais y rester. Je passais le premier, en plus. Je ne savais pas quoi faire, peut-être je pouvais jeter les boulettes dans le fleuve en disant que j'avais eu un tremblement. Il y avait une boîte de grosses boulettes effrayantes qui étaient soi-disant de l'ours, et une autre de boulettes d'élan. J'ai pensé à ma mère. Toutes ces gélules qu'elle m'avait supplié de prendre et que j'avais foutues à la poubelle... Les deux forestiers m'ont crié : « Vas-y, mange, c'est maison ! » C'était bien le problème. « Mais vas-y mec, t'attends quoi ? » m'a lancé Eudes qui était à l'avant de la pirogue et qui attendait son tour avec impatience. Je n'avais pas le choix. Ils m'ont tous regardé. J'ai survécu. L'ours était mauvais mais l'élan était plutôt bon, je dois reconnaître. Après moi Augustin a sauté son tour, il a dit qu'il était végétarien. Les forestiers l'ont regardé avec mépris.

On a fini par amarrer la pirogue et après une heure de marche dans la forêt on est arrivés à un campement. C'était là qu'on devait observer le grand tétras. Je commençais à en avoir un peu marre de ce tétras, mais bon, après tout c'était de ma faute. Il a fallu rester toute la journée à se les cailler au bord du marais, en attendant que le grand tétras daigne surgir. J'aimais bien le côté absurde mais j'aurais préféré qu'il y ait du chauffage et un canapé. Pour faire passer le temps les mecs lançaient des dilemmes du genre : « Vous préférez baiser un mec beau gosse ou bien les vieilles babouchkas horribles de la résidence ? » Quand c'était mon tour je rougissais. Eudes me disait : « Les babouchkas, c'est sûr, non ? » Je répondais « ouais, les babouchkas, direct ». Tout le monde disait aussi les babouchkas. Je me demandais si j'étais le seul à mentir. Au bout du compte, évidemment, le grand tétras n'est jamais venu. Avec la pluie on a dû se replier vers la cabane. Les mecs ont fait un feu. Nos guides se sont mis à nous expliquer ce qu'il fallait faire si on se trouvait nez à nez avec un ours. « Là en ce moment il y a peut-être un ours qui nous observe », ils disaient en riant. Dans ma tête j'imaginais des scénarios de films d'horreur. On a passé la nuit là. Je n'ai pas dormi parce que j'entendais sans cesse des petits bruits d'ours.

Quand on est rentrés à Saint-Pétersbourg, la neige est arrivée. Je n'en avais jamais vu autant. Je faisais de longues promenades dans la ville blanche, la neige crissait sous mes bottes. Et très vite, la Neva a gelé. On est allés voir tous ensemble. On s'est mis sur le pont. Les bouts de glace se fracassaient dans un grand vacarme, se bloquaient les uns les autres, et peu à peu tout s'est figé.

Ensuite la nuit est tombée, on a un peu vagabondé. Sur le chemin j'essayais de m'intégrer à la conversation des mecs mais je n'arrivais pas à en placer une. Je restais en arrière avec Vanessa. Les autres croyaient que c'était une stratégie pour la peloter. De temps en temps ils se retournaient, ils me lançaient des sourires. Finalement on s'est retrouvés dans une cantine ouzbèke où on allait souvent et où ils avaient une abominable soupe de mouton, avec de l'huile à la place de l'eau. Ça ne coûtait pas très cher. Encore une fois les autres se sont mis à parler de sexualité. C'était pénible, je croyais que tout le monde se moquait de moi en secret. À un moment Vanessa a lancé : « Nan mais sérieusement vous pensez qu'il y a encore des gens qui sont puceaux, à notre âge ? » Je me suis empressé de répondre « mais nan t'es malade, c'est impossible ». Mes vingt ans approchaient. Ça devenait critique.

8

Fin novembre, un soir où on mangeait des concombres dans la cuisine en jouant à la belote quelqu'un a toqué à la porte. C'était un petit individu avec un béret noir, une parka noire, deux valises et des lunettes pleines de buée. Il y a eu un silence dans la cuisine. Ça sentait la mauvaise nouvelle. « Salut, nous a lancé le mec, en russe. On m'a dit de venir m'installer ici. 72, c'est bien ici ? »

C'est ainsi que je me suis retrouvé avec un nouvel inconnu dans ma chambre. Quand je l'ai regardé se déshabiller le premier soir j'ai regretté le rugbyman, je peux vous dire. Il n'y avait rien à voir. Je n'ai plus regardé. Ce petit gnome qui dormait à un mètre cinquante de moi – et qui d'ailleurs devait faire un mètre cinquante – était un Turc du nom de Kerim. Il était beaucoup plus âgé que nous, il avait trente-six ou trente-sept ans alors que j'en avais encore dix-neuf. On se demandait ce qu'il venait faire ici, dans notre résidence qui certes était drôle à dix-neuf ans mais qui peut-être l'était un peu moins avec vingt ans de plus.

Quoi qu'il en soit, il a fallu que je me fasse à la présence de ce Turc à côté de moi. C'était un peu dur, quand même. Il portait des pyjamas à rayures, des slips moulants et il avait des poils de la tête aux pieds. Je me disais que si j'étais allé en Espagne, tout ça ne me serait jamais arrivé. Et puis bien vite on lui a découvert des penchants maniaques assez forts. Il voulait tout nettoyer tout le temps et il me faisait des remarques sur mes fringues en boule. Il a même parlé d'organiser un roulement pour nettoyer le frigo, mais là on l'a arrêté. C'était surtout le matin, qu'il était bizarre. Il restait trois quarts d'heure dans les toilettes. On se collait à la porte pour savoir mais il n'y avait aucun bruit. Est-ce qu'il se recueillait ? Est-ce qu'il disparaissait ? Le grand mystère était qu'il y entrait et en ressortait toujours avec une bouteille en plastique dont on ne savait pas ce qu'il foutait.

Mais bon, encore, on avait de la chance. Dans la plupart des appartements il y avait des chambres de trois. Vanessa était dans une chambre de trois, par exemple. Elle la partageait avec une Mongole qui regardait des séries dans son lit toute la journée et qui s'appelait Zola, ce que je trouvais absurde, et une Japonaise un peu attardée qui n'entendait jamais son réveil le matin alors qu'elle le mettait très tôt et très fort. Vanessa devait se lever et lui coller le téléphone contre l'oreille. Niveau bordel cette chambre de trois était à un stade assez avancé, elles laissaient toutes les trois leurs valises de fringues ouvertes par terre et des bols de céréales y restaient longtemps abandonnés. Cependant à chaque fois la Mongole m'assurait que l'autre chambre en face, avec encore trois Japonaises dedans, était bien pire, mais je n'ai jamais pu vérifier. On a commencé à tous bien se connaître. Certains soirs Vanessa nous prévenait : « Bon ce soir je ramène mes Japs chez vous. » On se retrouvait alors dans notre cuisine pourrie avec toutes les Japonaises. On essayait de leur apprendre à jouer à la belote mais on avait du mal. Eudes s'impatientait, il disait : « Mais elles sont débiles ces meufs ! » Ça se compliquait encore les soirs où le Turc annonçait qu'il nous faisait sa spécialité. On lui disait « non vraiment Kerim ça nous gêne, tu l'as déjà faite la semaine dernière ». Mais il insistait. « Ça me fait plaisir. » Sa spécialité était un calvaire, c'était un plat de pâtes aux patates. J'en regrettais la soupe de mouton. Quand il les servait les Japonaises s'écriaient « aaaah », et elles faisaient semblant de se régaler. Je les trouvais hypocrites. « C'est culturel », expliquait Vanessa.

Enfin voilà, à quatre dans le petit appart ça devenait assez intense. Je n'avais jamais connu mes congénères d'aussi près. Même au temps de l'invasion italienne chez ma mère quand j'étais petit, j'avais toujours gardé un sanctuaire de solitude dans ma chambre. Là, terminé. Dans ma chambre le gnome téléphonait à toute sa famille turque avec le haut-parleur, chaque soir je devais faire coucou à sa mère et à ses sœurs obèses. Si je voulais me réfugier dans la cuisine pour fuir le Turc je retrouvais l'Estonien qui fuyait Eudes, ou l'inverse. Sans compter toute la colonie qui venait le soir. Quand Vanessa ramenait ses Japs on ne pouvait plus passer, il y en avait partout. Cela dit j'aimais bien parce que ça retardait le moment du coucher et l'ambiance un peu pesante de la chambre. Eudes et Maksim pouvaient parler ensemble de foot ou de trucs comme ça dans leur chambre, ils étaient contents. Mais moi, avec mon Turc, c'était plus laborieux. Son côté renfrogné, poilu, et puis le fait qu'il ne parlait que russe, tout cela limitait les échanges. Le seul espace de liberté c'était donc la douche. Tout le monde allait se branler à tour de rôle dans la douche. Je suis navré... C'était une question de survie. Cependant personne n'en parlait, chacun allait dans la salle de bains en prenant un air innocent. De temps en temps c'était de l'eau marron qui sortait. *Ça recommence*, je me disais. J'attendais un peu, je me prenais le pouls. Elle s'éclaircissait.

Le vrai problème dans tout ça restait les toilettes. La porte des toilettes laissait passer tous les bruits, or je ne peux pas supporter qu'on entende mes bruits. Le pire c'était quand j'avais envie d'y aller et que tous mes colocs étaient là, portes des chambres ouvertes, dans un grand silence attentif... C'était la panique. Je mettais mon manteau et je partais sans savoir où j'allais, simplement dans l'espoir de trouver quelque part des toilettes. Il m'est arrivé plusieurs fois d'entrer en trombe chez Vanessa, de faire en passant un salut crispé à toutes les Japonaises qui étaient attablées dans la cuisine et de courir chercher asile dans leurs toilettes. Pour me rassurer je me disais que puisqu'elles ne protestaient pas contre la cuisine turque elles ne diraient rien là non plus. Je milite pour une meilleure insonorisation des toilettes, dans tous les pays.

Les semaines passaient. Mon anniversaire approchait. Un soir de décembre comme tout le monde allait en boîte j'ai dû suivre le mouvement. C'était la première fois que j'y retournais depuis l'épisode de la péniche à Paris. J'espérais que quelque chose allait nous empêcher d'y arriver, du genre un attentat ou une panne de courant. J'ai aussi misé un moment sur les ponts. Vous savez qu'à

Saint-Pétersbourg les ponts se lèvent la nuit. Puisqu'on habitait sur une île, une fois que les ponts étaient levés on ne pouvait plus aller dans le centre ni en revenir. Mais en décembre c'était fini, avec la Neva gelée les bateaux ne passaient plus et les ponts ne se levaient pas. Dommage. Une fois là-bas pendant que les autres dansaient je suis resté au bar à boire des coups, pour avoir l'air de faire quelque chose. Au bout d'une heure ou deux j'ai perdu le groupe et je me suis retrouvé seul avec Vanessa. Elle est venue me tirer du bar et m'a emmené danser avec elle. C'était horrible, je me balançais d'un pied sur l'autre en priant pour qu'elle soit bientôt fatiguée. Et à un moment, elle m'a embrassé. C'est elle qui s'est avancée et qui a tout fait, bien sûr. S'il avait fallu attendre que je me bouge on y serait encore. J'ai essayé d'être à la hauteur, j'ai un peu remué ma langue n'importe comment dans sa bouche, mais je sentais que ce n'était pas ça. « Tu sais pas embrasser », elle m'a dit en souriant. On a continué un peu à danser. Je me doutais bien de ce qu'elle avait comme projets pour la suite. Au bout d'un moment on s'est retrouvés dehors. Il était tard. Les autres n'étaient pas là, ils étaient peut-être rentrés. Il devait faire moins quinze ou moins vingt. Et là, Vanessa m'a lancé :

« Tu veux pas qu'on aille baiser dans un coin ?

— Euh écoute je crois qu'il fait un peu froid, là », j'ai bafouillé, heureux de ne pas être en Espagne.

On a pris un taxi pour rentrer. J'étais terrifié. Je tremblais de peur mais je disais que je tremblais de froid. À la résidence tout le monde était rentré, ce qui m'arrangeait bien : on ne pouvait pas aller chez Vanessa parce qu'il y avait ses Japs, on ne pouvait pas non plus aller dans ma chambre à cause du gnome. Vanessa a proposé de se mettre dans l'ascenseur. J'ai failli être à court d'arguments mais je me suis souvenu qu'il y avait les rondes de la commandante. Sauvé. Finalement, elle m'a entraîné dans la salle de bains. Je l'ai suivie la mort dans l'âme. On a commencé à se tripoter sans conviction. On avait un peu froid. Évidemment je ne bandais pas, il ne fallait pas rêver. De mon côté j'essayais de me servir de mes doigts comme un homme digne de ce nom mais je voyais bien que je gênais Vanessa plus qu'autre chose. C'était un fiasco. Après un quart d'heure pathétique dans cette salle de bains on a décidé de s'en tenir là pour cette fois. « Quand ça veut pas ça veut pas », m'a expliqué Vanessa.

Quelques jours plus tard, c'était la veille de mes vingt ans, on est retournés en boîte. De nouveau Vanessa m'a embrassé. Cette fois j'ai eu droit à la question que j'avais redoutée la fois précédente, celle sur mes fils de fer derrière les dents. « Ah mais c'est quoi ce que t'as derrière les dents ? » J'ai dit « t'inquiète, c'est rien ». Je n'allais pas expliquer que c'étaient les fils que m'avait mis ce con de professeur Stambouli quand j'étais petit dans l'espoir de retenir ma mandibule, et qu'il ne m'avait jamais enlevés, puisqu'il était mort. Je ne suis jamais retourné chez un orthodontiste depuis la mort du professeur Stambouli. On ne m'aura plus. Enfin bon, on a continué un peu à s'embrasser. À la fin on est rentrés. La nouveauté cette fois c'était que le Turc n'était pas là. Il avait été malade la veille, on avait dû appeler une ambulance. Des infirmiers maussades étaient venus dans notre chambre, escortés par la commandante, et avaient conclu à une indigestion. Ils l'avaient emmené. Tous rassemblés dans l'entrée on l'avait regardé partir, les Japonaises étaient là aussi. Ça faisait plusieurs jours qu'on remarquait qu'il ne mangeait plus que sa spécialité.

En tous les cas, j'avais la chambre pour moi ce soir-là. Je me suis mis dans mon lit avec Vanessa, on s'est embrassés. Ce n'était plus si désagréable. Je tremblais toujours mais c'était moins fort. On s'est déshabillés. Je n'en menais pas large. J'ai essayé de lui faire des bisous, des petits trucs qui me semblaient appropriés. Et le miracle a eu lieu. Cette première fois que j'attendais depuis tant d'années s'est faite comme ça, facilement. Sans plaisir mais sans difficulté.

Alors bien sûr, officiellement, ça s'est passé le jour de mes vingt ans, puisque c'était déjà le matin. Si vous voulez la jouer légaliste je ne peux rien répondre. Mais bon, comme je suis né à vingt-deux heures, je crois qu'on peut s'arranger... On va dire que j'avais dix-neuf ans, d'accord ? C'est quand même un peu moins pitoyable.

Le lendemain j'avais envie de claironner partout que j'avais enfin fait l'amour avec quelqu'un, mais en même temps il ne fallait pas que les gens sachent que jusqu'à ce jour j'étais puceau. Donc je suis resté prudent. Je l'ai annoncé aux mecs d'un air blasé. Quand il a appris la nouvelle en revenant de la clinique Kerim m'a pris dans ses bras et m'a appelé *le roi de la résidence.* J'ai eu peur qu'il nous propose de faire sa spécialité.

Ça a continué comme ça avec Vanessa pendant un mois ou deux. On couchait ensemble de temps en temps. Je ne peux pas dire que c'était affreux, non, c'était supportable. C'était à peu près comme manger un sandwich.

Bon, au moins on rigolait bien. Ce qui était drôle surtout c'est que j'étais complètement nul. Je restais allongé sur elle en pesant de tout mon poids. Je me doutais que j'étais censé changer de position mais je ne savais pas comment faire, je me sentais comme une sorte d'hippopotame idiot. Et puis parfois je ne savais plus où j'en étais, la géographie des lieux m'échappait et je me trompais d'entrée. « Non c'est l'autre », disait Vanessa, très patiente. Enfin j'avais encore de la marge avant de passer des castings. Je ne jouissais presque jamais. Je continuais quand même ma besogne, avec application. Je lui faisais des bisous dans le cou un peu comme ça, au pif, en me disant que ça devait être ça, l'érotisme. Pendant ce temps-là je pensais à autre chose. Je me demandais à quelle heure partait le train pour Volgograd. Enfin, au bout de trois quarts d'heure, Vanessa me tapotait les fesses et me disait « bon c'est bon, là. Tu peux aller te finir dans la salle de bains si tu veux ». Je me rhabillais. Je faisais comme si j'allais me finir.

En réalité les seules fois où j'avais envie, c'était les fois où ce n'était pas possible. Je me souviens d'un soir où on était en boîte. Vanessa m'a annoncé qu'elle avait faim et m'a traîné en pleine nuit dans une cantine pour manger des raviolis. Ça m'arrangeait, comme ça on se tirait de l'enfer de la boîte. Eh bien, pendant qu'elle mangeait ses raviolis j'avais assez envie qu'on fasse l'amour, figurez-vous. Ça me surprenait moi-même. J'espérais que ce n'était pas lié aux raviolis. Bien sûr en plein restaurant c'était délicat.

De toute manière on ne pouvait pas non plus coucher ensemble tout le temps, puisqu'on n'avait pas de chambre. On allait souvent dans la mienne mais il fallait le faire dans la journée, avant le retour du Turc. On calculait les horaires. Une fois il est rentré plus tôt que prévu et il a trouvé porte close. J'étais dans mon lit avec Vanessa, j'ai fait le mort. Eudes a réussi à le faire redescendre en lui racontant une histoire de papiers à signer chez la commandante, et pendant ce temps j'ai exfiltré Vanessa. Dans un mouvement de panique j'ai aussi ouvert grand les fenêtres mais ça j'ai regretté tout de suite, il allait faire moins quinze dans la chambre, ça allait me trahir. En revenant le Turc ne s'est toutefois douté de rien. Il a trouvé ça très bien, que j'aère, et m'a suggéré d'en profiter pour ranger mon bureau.

Finalement c'est surtout le week-end que c'était difficile : il ne bougeait pas de son lit. On devait aller chez Vanessa. Je veillais bien à regarder où je mettais les pieds dans sa chambre et à ne marcher que sur les habits, parce qu'une fois j'avais écrasé des quartiers de clémentine que quelqu'un avait rangés par terre. La Japonaise et la Mongole étaient là, au fond de leurs couvertures. Vanessa leur lançait : « *We would like to have sex, could you leave us alone for an hour ?* » J'étais très gêné. Les deux colocs sortaient péniblement de leurs lits et migraient vers la cuisine, en emportant tous leurs câbles.

Mais tout cela n'a pas duré longtemps. Vanessa ne restait pas à Saint-Pétersbourg jusqu'en juin comme nous, ses cours reprenaient. Dès fin janvier elle est partie. C'était triste. Comme j'avais honte de l'embrasser devant les autres je lui ai fait une sorte de demi-bisou raté, et on s'est quittés comme ça.

Ensuite avec les mecs on est partis un mois en Sibérie, en plein hiver. J'ai réservé des dizaines de billets de train, c'était l'extase. On allait souvent dans des réserves naturelles où on faisait des marches dans la neige. Tout était blanc. Enfin mon nez était rouge. J'avais quand même un peu la pression parce que j'avais dit aux mecs que je faisais souvent des randos dans le Vercors, je devais garder le rythme. Crétin, je me disais. Parfois on arrivait au sommet dans la brume et alors on ne voyait que du blanc, le ciel blanc, la brume blanche, les arbres blancs. C'était beau. Je m'asseyais dans la neige. J'essayais de prendre des photos, toujours ce fantasme d'être un mec qui prend des photos, mais le temps de sortir mon téléphone j'avais les doigts gelés, je renonçais. Le soir en rentrant on se bourrait de raviolis dans des cantines où on était perpétuellement les seuls clients. On avait l'impression qu'ils nous attendaient. Je commençais à bien me débrouiller en russe.

Plusieurs fois aussi, quand on était dans les réserves naturelles, on nous a fait dormir dans des cabanes en bois au milieu de la forêt. On était seuls, il faisait moins trente dehors. J'essayais de ne pas rater le moment où les mecs se changeaient. Quand ils étaient de dos en caleçon par moments je me tenais aux murs, tellement j'étais hypnotisé. J'aurais voulu qu'ils restent comme ça tout le temps. Dans ce genre de campements, les toilettes étaient de petites huttes construites à vingt ou trente mètres de la cabane. La première fois j'y suis allé le cœur léger, je n'avais jamais vu des toilettes aussi éloignées de toute oreille humaine. J'étais ravi. Je m'attendais à y passer un long moment bien au chaud, pour me reposer un peu de la conversation des autres cons qui même jusqu'au fond de la Sibérie parlaient du choc PSG-Bayern. Bon, j'ai vite déchanté. Ce n'était évidemment pas chauffé. Il y avait juste un trou dans le plancher de la hutte, au-dessus duquel on était censé s'accroupir. Pour méditer sur la condition humaine c'était pas mal. Il était conseillé de s'accrocher, en tout cas, car la chute était de celles dont on ne se remet pas. Comme il faisait moins vingt ou moins trente depuis plusieurs mois, toute la merde qui avait été déposée là avait gelé et s'était peu à peu coagulée en une sorte de stalactite géante de merde. Mais géante, géante. Ça devait faire trois ou quatre mètres de haut, avec un sommet pointu. Le risque, si on tombait, était donc de s'empaler sur la stalactite, et d'y trouver une mort stupide.

De temps à autre, comme il en avait marre des randos et des cabanes, Augustin obtenait qu'on s'arrête aussi dans les villes. Alors en compensation Eudes nous faisait visiter les zoos. À Novossibirsk j'ai envoyé une photo de l'ours polaire à ma mère et à mes tantes, sur le groupe Clio. Elles ont cru que je l'avais rencontré dans la ville. « Oh là là fais attention quand même, c'est super dangereux !! »

Voilà, je pense qu'on va s'arrêter là avec la Russie. De toute manière la fin de l'année est vite arrivée. Saint-Pétersbourg commençait à nous sortir par les yeux. On plafonnait à trois jours de soleil par mois. À la maison les autres lisaient mais moi je n'avançais pas, l'angoisse me comprimait le ventre et m'empêchait de lire. Je tournais en rond. Mes tantes m'exhortaient à aller au musée. « Mon chou pourquoi tu ne profites pas plus de la richesse culturelle de la ville ? » Je déteste les musées, voilà pourquoi. Parfois je me forçais à aller à l'Ermitage. Au début ça marchait, les premières minutes je croyais que c'était bon, j'allais enfin devenir un homme érudit et un amateur d'art. Mais au bout d'un quart d'heure le mal au ventre revenait. Je ne pouvais plus respirer. Tout le monde me regardait, c'était sûr. Et puis de toute façon je n'y comprenais rien, à leurs tableaux, la Vierge et le reste. Je m'enfuyais.

On ne peut pas vraiment dire que je me rattrapais au plan sexuel : depuis Vanessa, rien du tout. Les mecs me disaient : « Bah alors, le roi de la résidence, et les meufs ? » Une fois on buvait des coups dans un endroit qui s'appelait le Contact-Bar. Je ne sais pas si ça existe chez nous. Le principe était qu'on pouvait passer au serveur une carte avec notre numéro de téléphone et notre emplacement dans la salle, en lui indiquant la personne à qui il devait la donner. Un truc de drague, quoi. Tout ce que j'aime. À un moment il s'est pointé avec une carte pour moi, c'était une fille qui me donnait son numéro et disait qu'elle était assise à tel endroit. Les autres ont regardé. Elle était jolie. Ils me disaient « bah allez mec, vas-y ». J'ai répondu « nan, j'ai la flemme, je lui téléphonerai... ». Je ne lui ai jamais téléphoné. Sa carte posée sur mon bureau me rappelait tous les jours ma frustration et mes blocages. Elle a dû se dire que j'étais un goujat. Comment aurait-elle pu imaginer que je pensais à elle si souvent...

C'est aussi pour ça que j'ai l'intention d'aller un jour déposer des cierges pour Vanessa. Sans elle probablement je serais toujours au même point. Je lui dois tout.

Pendant que j'étais à Saint-Pétersbourg je me suis de nouveau inscrit au concours de Sciences Po. Tout le monde m'en parlait, Ursula s'était mise à m'envoyer *des articles intéressants,* mes tantes se passionnaient pour le rapport du jury... Même Régine me téléphonait pour savoir où j'en étais. *On a besoin de jeunes comme toi, c'est à vous, les jeunes, de faire bouger les choses,* et toutes ces conneries. Comme si les jeunes étaient des gens différents, une humanité meilleure, alors que ce sont évidemment autant des salopards que les vieux. Ils sont peut-être même pires. Un peu plus sournois. J'ai donc fini par céder pour Sciences Po. Au moins ça me faisait un cadre. Je me suis mis à aller à la bibliothèque, mais au lieu de réviser je regardais la neige tomber par la fenêtre et j'allais m'empiffrer de kacha à la cantine. C'était une toute petite cantine, il fallait faire table commune. Je m'asseyais avec les vieux habitués en lunettes énormes et barbes blanches, je les écoutais parler. Très vite je suis allé à la bibliothèque uniquement pour déjeuner à leur table. Malgré tout, au bout du compte, j'ai quand même été pris à Sciences Po. J'ai expliqué à l'oral que je voulais être juge d'instruction, c'était mon truc du moment. Ça a marché.

À l'arrivée à Paris les mecs retrouvaient leurs copines, Eudes avait la sienne qui l'attendait sur le quai. Moi c'était ma mère qui m'attendait. Elle m'a couru dans les bras. On est partis chacun de notre côté, Eudes et sa copine et ma mère et moi.

L'avantage de Sciences Po, c'est que ça m'a fait déménager. C'est à ce moment-là que j'ai quitté Montreuil pour m'installer dans le studio au-dessus de chez ma grand-mère. Ça a été le vrai début de notre vie maritale à tous les deux. Je descendais très souvent dîner avec elle. Le samedi soir elle avait son amie Régine qui venait et comme je n'avais rien à faire je les rejoignais pour la soirée. Je retrouvais mon milieu naturel, les femmes de soixante-dix ans et plus. Certains soirs néanmoins j'avais des désirs d'indépendance. Je me disais *non, désormais je vais me faire à manger moi-même, en homme libre.* Je mettais de l'eau à chauffer pour mes pâtes. Même si je n'avais pas lavé ma casserole de pâtes de la veille je refaisais chauffer de l'eau dedans directement, parce que ça me demandait un effort surhumain de la laver. *Après tout c'est que de l'eau, c'est pas sale.* À ce moment-là je recevais un message de ma grand-mère. « Si ça t'intéresse il y a du saumon fumé et Régine a apporté une bonne bouteille. » Alors j'hésitais un peu. Au fond, l'indépendance, est-ce que c'était nécessaire ? Quelques minutes après j'étais attablé en bas. Je remettais ma vie d'homme libre à plus tard.

À l'automne ma grand-mère est partie hiberner à Key West. Je disais aux autres : « C'est bien, ça va me faire un peu de liberté ! » Mais à son départ j'ai ressenti un vide immense et je me suis mis à errer dans son appartement en me demandant si j'allais tenir six mois sans elle. C'était surtout le dîner qui était sordide. Le plus possible j'essayais d'alterner, mais j'atteignais vite mes limites. Je me faisais des pâtes au thon, puis des pâtes sauce tomate-basilic, puis des pâtes sauce bolognaise. Ensuite j'allais refaire des courses et je reprenais une boîte de thon, une sauce tomate-basilic, une sauce bolognaise. Je ne me faisais jamais ni entrée ni dessert. Juste mes trois cents grammes de pâtes et ma sauce tomate versée dedans, froide. Une fois que j'avais fini mon festin j'allais agoniser sur le canapé en me promettant de moins manger le lendemain.

Parfois cependant quand j'avais des envies d'exotisme je m'achetais un brocoli. J'étais alors face à un problème : avec quoi manger ce brocoli ? Avec des pâtes ou avec une boîte de thon ? Rapidement j'excluais la boîte de thon car quelque chose en moi, un reste de civilisation peut-être, me disait que quand même, brocoli-thon, ça n'existait pas. Restait donc la seule option des pâtes. Mais comme ça avait l'horrible inconvénient de me faire laver deux casseroles, finalement je renonçais et je mangeais le brocoli tout seul, avec du poivre. C'était lugubre. J'allumais la radio et je me mettais à ma petite table dans le coin du mur. J'aurais bien aimé manger au moins face à la fenêtre mais j'étais trop gêné que les voisins me voient. Donc je restais tapi dans mon coin. Quand il faisait bon et que j'ouvrais la fenêtre je baissais le son de la radio, pour que personne dans la cour ne sache que je mangeais tout seul en écoutant la radio. Enfin voilà, je vivais ma vie étudiante à cent pour cent. « Tu sors un peu, j'espère », me reprochaient mes tantes.

En réalité il est faux de dire que je ne sortais jamais. Je sortais, mais tout seul. J'allais marcher dans la nuit, ça me faisait un sas entre l'angoisse et le sommeil. Je marchais comme ça une heure, deux heures, pour rentrer le plus épuisé possible. Quand je longeais les terrasses des cafés je baissais la tête. Je faisais comme si je cherchais quelque chose dans mes poches. Certains soirs, il m'arrivait aussi d'aller au cinéma. J'aimais bien, je prenais mon scooter et j'allais voir des vieux films, je me sentais libre. Ce qui était dur c'était la file d'attente. Tous les autres étaient entre amis ou en amoureux. Petit à petit j'ai pris l'habitude d'arriver pile pour le début du film. Les gens étaient déjà installés dans le noir, ils ne pouvaient pas me voir.

En sortant du ciné je regardais mon téléphone mais je n'allumais pas l'écran, je ne voulais pas affronter la vision de l'écran vide avec écrit *samedi 23 h 30* et rien d'autre. Je fixais simplement l'endroit où était censée clignoter la petite lumière bleue. J'espérais. Mais si au bout de cinq secondes rien n'avait clignoté, c'était qu'il n'y avait rien. Pas de messages. Je remettais mon téléphone dans ma poche.

Un samedi la journée a été particulièrement pénible, je me suis forcé à apprendre du droit public alors que j'avais le souffle coupé et que je ne retenais rien. Le soir, pour ne pas directement aller au lit dans la pièce où j'avais mariné toute la journée, je suis allé au ciné. Ils passaient un vieux western, ça faisait l'affaire. Quand je suis sorti la lumière bleue clignotait. J'ai eu des palpitations. Un amoureux ? Une amoureuse ? Une invitation ? J'ai regardé. C'était ma mère, bien sûr. Elle m'envoyait un message classique, « gros bisous mon chou bidou », avec des cœurs et des oursons. Ça m'a achevé. Je n'allais donc jamais être aimé de personne d'autre que de ma mère ? J'ai démarré mon scooter et là sur le chemin, pour la première fois je crois, j'ai pensé que je ferais mieux d'en finir. C'était trop dur, je n'allais pas y arriver. Qu'est-ce que j'attendais pour vivre ? Pour faire ce que j'avais envie de faire ? Pour être amoureux ?

Je suis rentré chez moi. J'ai ouvert la fenêtre. Je me suis mis sur le canapé, dans le noir, face à la fenêtre ouverte, et j'ai regardé les quelques pauvres étoiles. Dès que j'enlevais mes lunettes je les voyais en triple. J'écoutais le grand silence de la cour. Me revoilà dans ma grotte, je me suis dit. C'était les autres à Sciences Po qui appelaient mon studio comme ça. Quand le lundi ils me demandaient ce que j'avais fait de mon week-end et que je répondais « rien de spécial », ce qui voulait dire *rien du tout, à part être allé dîner chez ma mère,* ils s'écriaient : « Non, me dis pas que t'as passé deux jours entiers dans ta grotte ! »

*

Ici les jours passent et le retour commence à se rapprocher. Cette fois-ci nos billets ne sont pas annulés, j'ai l'impression qu'on va bel et bien se retrouver à Paris. Ça va être un choc, quand même. Heureusement je ne vais pas quitter ma grand-mère d'un pouce. Au moins un peu de stabilité côté couple. Malgré tout j'ai peur de ne pas réussir à écrire à Paris, peur que les crises cardiaques reviennent et m'en empêchent. Ces derniers temps je suis revenu à environ deux à trois morts par jour donc ça n'augure rien de bon pour le retour.

Là où je peux progresser, c'est notamment que je dois arrêter de regarder sur internet dès que j'ai une nouvelle maladie. Je tombe sur des choses trop violentes. Ainsi hier ou avant-hier j'avais *un point près du nombril.* J'étais au plus bas. J'ai erré dans Key West toute la journée en m'attendant à mourir rapidement d'un choc septique. Tout était beau, maintenant que c'était fini. Même les poules...

Elles étaient adorables. Je leur pardonnais d'avoir encore gueulé toute la nuit. « Tiens, t'étais passé où ? » m'a dit ma grand-mère quand je suis rentré. Elle, elle était là où je l'avais laissée le matin, à son ordi. Elle regardait avec sérieux une vidéo intitulée : « Californie : deux surfeurs avalés par une baleine à bosse ». J'ai renoncé à lui parler de mon point près du nombril, sachant qu'elle allait me conseiller d'aller au lit avec un Lexomil. J'ai pris mon téléphone et j'ai continué jusqu'à ma chambre, pour faire des recherches. Et là, horreur, je suis tombé sur un article qui disait : « Nombril : derrière la douleur banale, le risque de l'urgence absolue ».

Il faut vraiment être irresponsable pour publier ça. J'ai eu quelques minutes de passage à vide, mais en rassemblant mes forces j'ai réussi à ne pas cliquer sur l'article.

Enfin tout ça pour vous dire que je ne sais pas comment ça va être, à Paris. « Tu crois qu'on va devoir se déconfiner en rentrant ? » me demande ma grand-mère, qui ne fait aucune différence entre confinement et déconfinement. Parfois en passant pour aller me faire un café je l'entends dire à une copine, au téléphone : « Eh oui, on aura vécu tout le déconfinement à Key West... »

Ça m'exaspère. Je lui crie : « Mais non c'est l'inverse ! »

Évidemment elle n'entend pas. Elle dit à sa copine « attends qu'est-ce qu'il raconte, le petit », et elle me hurle : « Hein ? » Comme répéter trois fois toutes ses phrases est éprouvant au bout de plusieurs mois, souvent j'abandonne et je lui crie « non, laisse tomber ». Alors elle reprend son téléphone. « Oui, bon j'ai pas compris ce qu'il voulait... Qu'est-ce que je te disais... Oui, on a fait tout le déconfinement ici... »

Il va bientôt falloir se mettre aux préparatifs. Je ne vais pas avoir le temps de finir ce que je veux vous raconter mais ce n'est pas grave, je continuerai à Paris. Bien entendu les veuves sont tristes. Elles disent que c'est de la folie de rentrer en France, elles nous supplient de rester. Au déjeuner tout à l'heure Gretchen m'a tapoté la cuisse et m'a proposé de venir passer l'été avec elle dans les Hamptons. J'ai décliné, j'ai dit que je devais ramener ma grand-mère. Mais à part ça les veuves ne sont pas trop angoissées par la situation, la vie continue. Il faut dire qu'elles ont d'autres préoccupations. L'autre jour à l'apéro je suis tombé au milieu d'une discussion. Pam demandait à Sharon :

« Tu en as combien, toi, en ce moment ?

— Oh moi, neuf ou dix, je crois... Et toi ? » a répondu Sharon.

Je me suis demandé de quoi elles parlaient. Neuf ou dix amants ? Chats ?

« Moi ça a beaucoup baissé, mais bon, j'en ai encore une quinzaine... »

Je n'étais pas avancé. Kilos en trop ? À ce moment Sharon s'est rapprochée de la table et nous a fait signe d'écouter. « Celle pour qui ça ne va pas, c'est la vieille Reynolds, elle a chuchoté. J'ai appris par Tom Olson qu'elle n'avait plus que deux ou trois millions, la pauvre. » Alors j'ai compris que c'était la discussion sur les millions, pas celle sur les chats. « Oh là là, mais comment elle va faire ? » a demandé Pam. Je n'ai pas fait de commentaires, je me suis dit que j'allais en profiter pour rechercher des crevettes. Le saladier était déjà fini. Depuis la cuisine j'ai entendu ma grand-mère soupirer : « De toute manière tout va s'écrouler... Peut-être qu'on va être obligées d'aller travailler à la Poste. » C'est son grand truc en ce moment. Hâte de voir ça...

Sinon, il n'y a pas grand-chose de nouveau ici. Au téléphone mes tantes me demandent *si j'ai bientôt fini d'écrire.* « Il va falloir conclure, tu sais.... » Le soir quand je monte dans ma chambre j'emporte tous mes cahiers avec moi. Bientôt je vais devoir faire deux voyages, ça commence à être lourd. J'ai trop peur, si jamais il y a un incendie pendant la nuit, de ne pas avoir le temps d'aller les chercher à mon bureau. Je les pose à côté de moi sur mon lit. À la place où peut-être un jour il y aura quelqu'un de réel.

9

Heureusement pendant que j'étais à Sciences Po il y avait aussi ma mère et mes tantes pour me sortir de ma grotte. Toute la semaine ma mère faisait du lobbying pour que je vienne chez elle le samedi soir. J'attendais un peu, peut-être par magie j'allais avoir quelque chose d'autre à faire. Mais finalement, comme c'était soit ça soit passer la soirée seul avec ma boîte de sardines, j'acceptais. Quand j'arrivais à Montreuil j'étais le messie, ma mère et ma petite sœur me couraient dans les bras en poussant des cris. « Est-ce que tu veux un verre de lait d'avoine pour l'apéro ? » On se mettait dans le salon. Elles s'asseyaient toutes les deux sur le canapé en face de moi et elles me regardaient avec un sourire béat, sans rien dire. « Allez raconte, raconte-nous des trucs », s'écriait ma mère. Évidemment je n'avais rien à raconter. Il y avait mon récent changement de marque de sardines, mais je le gardais pour moi. Je répondais « bah écoute, ça va ». Elles me posaient encore quelques questions sur mes amis. J'esquivais. « Bon, si on mettait un peu de jazz », finissait par proposer ma mère. On dînait, et ensuite vers la fin du repas il y avait toujours le moment délicat où elle essayait de me refourguer de la gelée royale ou du magnésium. En général je tenais bon. « Mais pourquoi tu refuses toujours tout ce que je te propose », elle se désolait. Elle m'accusait d'être aussi borné que mon père. Par moments je jetais un œil à la commode où j'avais laissé mon téléphone, pour voir si par hasard la lumière bleue clignotait. Enfin quand ma mère commençait à se faire sa tisane et sa bouillotte je disais « bon bah je vais rentrer ». Là elle faisait un bond et s'écriait : « Pourquoi tu veux rentrer ?? Reste dormir ici !! » J'essayais d'expliquer que je rentrais chez moi parce que c'était là que j'habitais. Mais ma mère me suppliait : « Allez mon chéri, ça ferait tellement plaisir à ta petite sœur ! Tu peux rester dormir ici pour une fois ! » Au fond c'était vrai, pourquoi je rentrais si c'était pour être seul ? J'errais dans le salon avec mon manteau à moitié mis. L'indécision m'épuisait. Certains soirs, je trouvais la force de dire que je rentrais. C'était un déchirement. Ma mère et ma petite sœur se mettaient sur le seuil de la porte et me regardaient tristement démarrer mon scooter, comme si je partais sous les drapeaux. Ces soirs-là pour me racheter j'acceptais la gelée royale.

En dehors de ma mère, mon activité sociale était de voir mes tantes. Je variais les plaisirs. Souvent on déjeunait ensemble, ou alors elles m'invitaient au théâtre avec leurs copines. À Sciences Po je racontais que j'allais au théâtre avec des amies. Les naïfs croyaient que j'avais plein d'amies.

Quand je déjeunais avec une de mes tantes la plupart du temps elle disait du mal de ses sœurs. Je m'empêchais de répondre, sachant que tout serait répété. Par exemple ma tante Audrey me disait « et ta mère, si elle croit qu'elle va gagner sa vie, avec ses cours de yoga... Et Nadège... Elle est de plus en plus pingre, Nadège. Je ne lui dis pas à elle, mais je peux le dire aux autres ». Je trouvais ça assez osé de la part d'Audrey dans la mesure où c'était elle qui ne voulait jamais payer les pleins d'essence de la Clio, mais je restais neutre.

Une fois malheureusement je me suis laissé aller. Je prenais le goûter avec ma tante Nadège. Elle se plaignait, elle répétait que ses sœurs ne l'avaient jamais vraiment considérée. Je mangeais mon clafoutis. À un moment sans me regarder dans les yeux elle a hasardé : « Tu vois, Audrey, par exemple... Je suis sûre qu'elle dit du mal de moi dans mon dos. » Et là sans réfléchir j'ai lâché, la bouche pleine : « Oui, elle m'a dit que t'étais pingre. »

Immédiatement je m'en suis mordu les doigts. J'ai voulu rectifier, mais il était trop tard. Ma tante Nadège a rapidement bouilli et a déclaré : « Ah oui ? Puisque c'est comme ça je l'appelle tout de suite, on va bien voir qui est pingre !! » J'ai essayé de m'interposer, « non, tante Nadège, je t'en prie... ». Je n'ai rien pu faire. Elle a pris son téléphone.

« Allô, Audrey ? Oui, écoute, alors comme ça il paraît que je suis pingre ? C'est le petit qui m'apprend que tu répètes ça à tout le monde. »

Au retour de ma grand-mère, là, mes tantes s'effaçaient un peu. « Bon, on te laisse, vous devez avoir besoin de vous retrouver tous les deux. » Je faisais moins de soirées avec mes amies, plus de dîners au deuxième étage. Ma hantise était de croiser mes voisins au moment où je descendais dîner chez ma grand-mère. Je dévalais les escaliers en priant pour qu'aucune porte ne s'ouvre. En principe au cinquième ça allait, Mme Gibou se tenait tranquille à cette heure-là. Mais il y avait toujours le risque de tomber sur Mme Bassano, celle du troisième. *La femme au foyer*, comme elle se présentait. Certains soirs j'avais des frayeurs. La porte s'ouvrait. C'était seulement sa cuisinière et sa femme de ménage qui lui disaient « à demain ».

Le midi en revanche j'essayais de ne pas descendre. C'était une question d'honneur. Je me faisais à manger chez moi. Le plus souvent un bol de semoule, parce que c'était encore plus simple que les pâtes. Même pas de casserole à laver. Et je me vidais une conserve de sardines dedans. Semoule-sardines. Je me forçais toujours à tout finir parce que ça me déprimait trop de voir les restes dans mon frigo, les boîtes ouvertes. Après ça j'essayais naïvement d'avancer un peu dans mes révisions, par exemple de me rentrer dans le crâne pour la centième fois la différence entre l'abrogation et le retrait. Mais très vite les sardines prenaient le dessus et je devais poser mes fiches et fermer les yeux. Certains jours, j'avoue, lorsque je n'avais plus de sardines ou simplement lorsque je n'en pouvais plus de déjeuner tout seul dans le coin du mur, il arrivait quand même que je descende au deuxième. Je faisais mon entrée dans la cuisine, tout penaud. « Alors mon pauvre lapin, tu viens te nourrir », disait ma grand-mère. Ainsi une fois, c'était l'été, j'ai craqué. Ma grand-mère était avec son amie Régine. J'ai déjeuné en vitesse avec elles, je ne voulais pas les déranger. En partant alors que j'étais déjà au bout du couloir j'ai entendu ma grand-mère demander à Régine : « Bon, tu veux un verre de blanc ? J'attendais qu'il soit parti. »

Mis à part l'alimentation, j'avais aussi de temps à autre des raisons moins avouables de descendre. C'était notamment le cas les fois où il y avait des gens chez moi. Des gens de Sciences Po, quand on devait faire des exposés. Comme par hasard dès qu'il y avait quelqu'un chez moi j'avais envie d'aller aux toilettes. Évidemment il était impensable d'y aller chez moi, à cause des Bruits, donc je prétextais une lessive ou une affaire importante et je descendais chez ma grand-mère. Elle était à son ordi, j'aurais pu faire entrer tout un orchestre qu'elle n'aurait rien entendu. Et sur la pointe des pieds j'allais dans la salle de bains. Là où ça prenait des proportions excessives, c'était quand je devais descendre pour rassurer mes tantes. Puisque de plus en plus elles m'ont vu comme formant un tout avec ma grand-mère, elles se sont mises à me téléphoner lorsqu'elles n'avaient plus de ses nouvelles. « Allô César, maman ne répond pas depuis une heure, tu peux aller voir ce qui se passe ?? » Parfois j'étais confortablement installé devant mon film porno, je répondais « euh oui, dans cinq minutes. — Non vaudrait mieux que t'y ailles tout de suite, on sait jamais !! » Je mettais sur pause, je me rhabillais. J'espérais que j'allais débander en descendant l'escalier. Quand j'arrivais ma grand-mère était à son ordi, avec le chat vautré à côté d'elle. Elle regardait une vidéo du genre « ce que fait cette panthère est incroyable ». « Ah, t'es là », elle me lançait quand j'étais arrivé à un mètre.

« Tes filles s'inquiètent... Il paraît qu'elles t'ont appelée plein de fois et que tu réponds pas.

— Oh mais j'entends rien avec ce téléphone... Tu pourrais pas essayer de me le régler...

— En effet, il est éteint. »

Au moins ma carrière commençait à décoller. Pour le dernier semestre Sciences Po nous demandait de faire un stage. J'ai écrit une lettre de motivation lyrique sur mon désir de servir l'État, et je l'ai envoyée dans les ministères. Tout le monde m'encourageait, je dois dire. Autre époque. Mes tantes me répétaient que j'étais l'honneur de la famille et qu'elles avaient hâte. « Enfin quelqu'un qui va bosser dans cette famille », disait ma grand-mère. Contre toute attente, j'ai eu une réponse. Le cabinet d'un ministre m'a convié à un entretien. Ça a été un événement, mes tantes sont arrivées avec du champagne, elles ont passé la soirée à faire de grands projets. La veille de l'entretien je suis resté toute la journée devant le miroir à regarder des tutos de nœuds de cravate sur mon téléphone. Je n'y arrivais pas. Trop court, trop long... Incompréhensible, ce truc. Finalement j'ai conclu avec ma grand-mère un accord secret en vertu duquel j'allais la réveiller le lendemain avant mon entretien et elle allait me nouer ma cravate.

J'y ai passé six mois, au ministère. Cette fois il a bien fallu que je cède : ma mère m'a acheté deux paires de *chaussures d'homme.* Et aussi un beau costume gris. Elle était en extase. Pendant tout mon stage j'ai été hanté par une seule et même question : comment faire pour cacher que mes fesses étaient trempées de sueur, avec ce maudit pantalon de costume ? J'avais un énorme fauteuil horriblement rembourré et à chaque fois que je me levais c'était pareil. Car ce n'est pas comme un jean, la sueur se voit. Vous n'imaginez pas à quoi tout ça m'a conduit. Je marchais à reculons, je faisais des pas chassés...

Pour le reste, je passais mon temps à rédiger des comptes rendus, des comptes rendus de réunions très longues qui ne débouchaient sur rien. J'attendais la pause-déjeuner. À la cantine j'avais droit à la *formule liberté*, la bien nommée, qui consistait obligatoirement en un potage du jour et un yaourt. Quels que soient les légumes qu'ils foutaient dedans le potage était toujours de la même couleur, je préférais ne pas en savoir plus. Et alors, en plus du potage et du yaourt, et c'était là tout le charme de la formule liberté, le ministère nous offrait un *petit pain*. « N'oubliez pas votre petit pain », me criait la dame de la cantine. En réalité les seuls moments excitants du stage étaient ceux où on allait à Bruxelles. J'accompagnais les conseillers. Oui, on me payait le billet de train à moi aussi, à moi qui étais inutile au plus haut point. Et l'hôtel avec ça... Voilà la vérité sur vos impôts.

À Bruxelles on passait nos journées dans une salle immense où il y avait plus d'une centaine de personnes. Deux ou trois personnes par pays, plus les larbins comme moi sur les côtés, et puis toute la foule des interprètes. La plupart du temps il s'agissait de faire des *déclarations communes* qui ne changeaient rien à rien nulle part. Ça avait l'air de ne gêner personne. On mettait une journée à faire la déclaration commune, c'était du sérieux, cent personnes mobilisées pour écrire quatre pages. Par moments on était sur le point de conclure mais le président déclarait :

« Ah non, la Lettonie a quelque chose à ajouter ! La Lettonie, nous vous écoutons ! »

La Lettonie annonçait à la stupeur générale qu'elle n'était plus d'accord avec le terme « fortement engagée » dans le paragraphe 14 : « L'Union européenne est et restera fortement engagée. » La Lettonie demandait d'écrire seulement « engagée ». On avait pourtant déjà passé une heure sur le paragraphe 14, mais visiblement la Lettonie changeait d'avis.

« Merci, la Lettonie, disait le président. Y a-t-il des objections à la proposition de la Lettonie ? »

Toute la salle retenait son souffle. Les interprètes rêvaient de sortir tôt et d'aller goûter. Mais là, avec consternation, on voyait le Portugal lever la main. « Oui, le Portugal, nous vous écoutons ! »

Le Portugal jugeait que si on voulait une Europe un peu crédible il ne fallait pas toucher au paragraphe 14, et annonçait mettre son veto à la proposition lettone. Aussitôt une grande agitation se déclarait, il y avait des murmures d'indignation. Devant moi les conseillers se levaient et téléphonaient à Paris pour savoir la position de la France dans cette controverse. « Ça risque de remonter jusqu'à l'Élysée, me chuchotait ma cheffe. On est encore là à vingt-deux heures. » Enfin, après une bonne heure de débats, on s'entendait sur une nouvelle rédaction : « L'Union européenne est et restera *pleinement mobilisée.* » Soulagement. Tout le monde était content, les interprètes souriaient. On allait s'en sortir. On procédait au vote. Ah... Non, on attendait encore la Slovénie. La Slovénie demandait un délai, elle ne parvenait pas à joindre sa capitale. « Prenez votre temps, la Slovénie », déclarait le président. Le lendemain je demandais aux conseillers si on avait parlé de la déclaration commune quelque part, mais ils me répondaient *que ce n'était pas ça qui comptait.* Alors évidemment, quand je rentrais à Paris et que je racontais ça à ma grand-mère, elle triomphait. « Mais bien sûr, ça marchera jamais, l'Europe ! Je l'ai toujours dit ! »

Pendant ce temps-là ma vie sexuelle battait son plein. Depuis Vanessa ça faisait presque deux ans sans rien, sans ne serait-ce qu'un petit bisou à quelqu'un. Ma première fois n'allait quand même pas être ma seule fois ?

Avec Giulia, on recommençait à se voir après le froid jeté par ma fausse déclaration d'amour, et je recommençais mes conneries. Alors qu'elle n'était jamais dans mes fantasmes je continuais à espérer qu'on allait coucher ensemble et se marier. En la rejoignant le soir après le ministère je me disais *ah, peut-être qu'il va se passer quelque chose ce soir.* Alors je faisais un crochet par chez moi, je montais dans mon lit pour vérifier que c'était présentable. Je ramassais mes mouchoirs. Naturellement j'aurais pu les laisser, mes mouchoirs... Il n'y avait pas de danger. Car la vérité est assez tragique : je ne suis jamais monté avec personne dans mon lit. C'est même pire que ça. Moi qui ai vécu vingt-deux années sur vingt-trois à Paris, je n'ai jamais fait l'amour à Paris... Avouez qu'il y a quand même de quoi se pendre.

C'est comme ça que finalement j'ai décidé de recontacter Vanessa. C'était ma seule chance. J'ai pris quelques jours de congé et je suis allé la voir chez elle à Nice. J'étais très heureux de prendre le train. À l'arrivée à Nice elle m'attendait sur le quai. Elle était très jolie, je reconnais. C'était la première fois que je la voyais l'été et ça lui allait bien. Elle me souriait. Est-ce que je devais l'embrasser ? J'ai hésité. Heureusement je me suis dit qu'après deux ans ce n'était probablement pas dans les codes. J'ai juste mis ma main une seconde sur son épaule et je l'ai vite enlevée. La journée on se baladait, on buvait des coups. Je ne faisais aucune allusion à rien. Tant que coucher avec Vanessa restait quelque chose de potentiel et de lointain, ça allait. Mais le soir dès que ça devenait réel la panique revenait. Je me sentais pris au piège. Je lui disais bonne nuit et j'allais me barricader dans ma chambre.

Le dernier soir, tout de même, elle a insisté. « Bon, t'es quand même pas venu pour qu'on fasse chambre à part ? » Je l'ai suivie dans son lit. Ça a recommencé, il a fallu s'embrasser, se caresser, faire semblant... Je tremblais. J'ai fini par me lancer. *Allez vas-y, voilà enfin la chose pour laquelle t'as traversé la France.* Mais à ce moment Vanessa m'a chuchoté « attends », et m'a poussé la tête vers le bas de son corps. J'ai compris ce qu'elle attendait, j'y suis allé bravement. J'ai dû mettre ma langue... C'était un enfer. Ensuite on a essayé pendant un quart d'heure mais comme je ne bandais pas ça ne marchait pas. On a laissé tomber. « On s'en fout », m'a dit Vanessa. Le lendemain matin je suis reparti sans faire de bruit.

Depuis cette nuit torride à Nice, plus rien. Rien pendant deux ans avant, rien pendant un an depuis. J'attends que ça se passe, quoi. J'attends qu'on vienne me chercher. Ce n'est pas une proposition, je vous rassure...

Pour ne pas penser à tout ça, pas voir que j'avais quelques problèmes à régler d'urgence, je continuais à m'accrocher à ma vocation de diplomate. Plus que quelques mois avant les concours, il n'y avait pas de temps à perdre. De temps en temps je demandais la permission d'arriver seulement à dix heures au ministère, et j'allais à Sciences Po de huit à dix pour me cultiver. L'existence me paraissait très sombre ces matins-là. Dès huit heures le professeur Gottlieb nous attaquait avec ses citations. « Bon, il va de soi que sur un sujet comme ça vous ne pouvez pas avoir la moyenne si vous ne citez pas Aristote. » Les autres notaient et certains levaient la main pour faire des observations. Je ne comprenais pas d'où ils les sortaient. Gottlieb hochait la tête en disant « oui, vous avez raison ». Puis il reprenait : « Oui, vous savez Tolstoï le disait déjà en son temps... Relisez *Guerre et Paix* avant le concours, d'ailleurs. »

Il se trouve que j'étais justement en train de me forcer à lire *Guerre et Paix* et que je trouvais ça intolérable, tellement c'était long. Ma grand-mère me disait « mais t'as qu'à sauter les batailles, personne ne lit les batailles ». Je me demandais si réellement tout l'amphi avait déjà lu *Guerre et Paix* et s'apprêtait à le relire, ce qui était mauvais pour mon retard, ou bien s'il ne flottait pas dans cette école une sorte de léger foutage de gueule général.

Celui qui ne me poussait pas vraiment, en revanche, c'était Eudes. J'aurais mieux fait de l'écouter. Même si on n'avait pas forcément les mêmes préoccupations. À chaque fois qu'on se parlait il me faisait part de ses réserves sur le Quai d'Orsay : « Mais ça te dérange pas qu'il y ait tous ces... Enfin... Si on dit le *Gay d'Orsay* c'est pas pour rien... »

« Non, t'inquiète pas, je répondais. Je garderai mes distances. » Il trouvait que c'était courageux de ma part.

De tout l'été avant le concours je n'avais strictement rien de prévu, c'était l'angoisse. Certes je pouvais suivre le cortège dans le Vercors, mais ça me faisait trop mal d'en être toujours réduit, à vingt-deux ans, à passer mes vacances avec mes tantes et ma grand-mère. Surtout qu'elles s'inquiétaient pour moi de plus en plus et qu'elles redoublaient d'efforts pour me faire *rencontrer des djeuns*... S'il y avait eu une médaille du remuage de couteau dans la plaie elles auraient peut-être pu concourir, en même temps que moi. Par exemple ma mère me refaisait le coup du déjeuner familial à Montreuil avec Antoine et Juliette. « Mon chéri tu sais il ne faut pas toujours perdre le contact avec les gens, elle m'expliquait. Ça va être super sympa, il y aura Antoine et sa copine, Juliette et son copain, *et toi.* »

Tout ça pour dire que j'avais moyennement envie de passer mon été là-dedans. Et je ne parle pas des histoires de gluten... Ma mère qui mettait de la poudre de baobab partout, mes tantes qui l'accusaient d'appartenir à une secte... Stop. Ça me faisait donc trois mois à remplir. Vous allez me dire, j'étais quand même censé avoir des concours à réviser. Mais je n'y arrivais pas. Dès que j'essayais de lire mes cours ma respiration se coupait et j'avais mal au ventre. Je ne retenais rien.

Je me suis donc mis à me chercher quelque chose pour les vacances. Il me fallait vite de la structure, sans quoi je sentais le sol de mes angoisses prêt à s'ouvrir et à m'aspirer. Et c'est ainsi que j'ai décidé, du jour au lendemain, de faire une *summer school* dans une université américaine. Je ne sais pas comment ça m'est venu. J'ai dû lire un truc quelque part, en tout cas ça a suffi pour que je m'y engouffre. J'ai inventé que l'épreuve d'anglais à l'ENA était difficile et qu'il fallait absolument que j'aille à Harvard pour la préparer. Ma mère était enthousiaste. Elle y était allée elle-même quand elle avait vingt ans et m'avait toujours dit *que ça lui avait beaucoup ouvert l'esprit.* « C'est super, les universités américaines, c'est une autre manière de voir les choses !! » J'ai choisi trois cours de littérature. C'était absurde, ça n'avait rien à voir avec le concours de l'ENA ni avec aucun concours, mais là non plus je ne voyais pas le problème. J'espérais aussi, j'avoue, qu'en partant si loin tout allait soudainement se résoudre, et que c'était à Boston que j'allais trouver l'amour, enfin...

Comme Harvard était malheureusement un fantasme payant, il a bien fallu entamer les négociations avec ma grand-mère. J'ai voulu me servir de ma mère comme argument :

« Elle m'a dit que ça lui avait beaucoup plu, donc j'ai bien envie d'essayer aussi...

— Ah oui tu parles que ça lui a plu, elle s'est fait sauter par tout le campus. »

On ne saura jamais si je me serais moi aussi fait sauter par tout le campus, car il s'est avéré qu'en m'inscrivant j'avais coché la case « cours à distance ». Quand je m'en suis rendu compte il était trop tard pour changer. J'ai fait toute la *summer school* depuis mon ordi sur le canapé dans le Vercors. Mes tantes discutaient à voix basse autour de moi. « T'as vu comme il est concentré... » Sans cesse elles passaient derrière mon écran, une fois avec *Paris-Match*, une fois avec du thé et du sucre.

Au bout du compte mon anglais n'en est pas vraiment sorti grandi. Enfin en lecture, oui, j'ai beaucoup lu. Mais à l'oral j'ai logiquement peu progressé. C'était dommage parce que l'épreuve d'anglais à l'ENA était un oral.

*

Il ne reste plus que quelques jours avant le départ. Il faut bien que je fasse ma valise. Ma grand-mère n'a pas commencé la sienne parce qu'elle est persuadée que je lui mens quand je lui dis que notre vol est maintenu. Je lui répète : « Si, je te jure, j'ai reçu une confirmation », mais elle lève les yeux au ciel et me répond : « C'est impossible, il n'y a plus aucun avion... on est bloqués ici, je te dis. » Je suis à court d'arguments. Hier elle a quand même fait une concession :

« Je veux bien me préparer mais tu verras, il faudra faire demi-tour. On aura l'air malin. »

Ce qui l'angoisse le plus c'est qu'on est censé nous prendre la température à l'aéroport, à cause du virus. Si on a plus de 38 on est débarqué. Or, elle prétend qu'elle a toujours plus de 38. « Faudra que je prenne un Lexomil, elle marmonne. Pour être sûre de pas avoir de fièvre. »

Je me demande comment ça va être, le retour à Paris. Ma mère et mes tantes ont déjà annoncé qu'elles viendraient nous chercher à Roissy en grande pompe. J'espère que je vais bien dormir dans l'avion, pour pouvoir faire face sereinement au moment où elles vont toutes les quatre se mettre à courir vers nous avec des cris de joie. Et puis je redoute la suite. Je sens qu'elles vont vite me sauter dessus avec l'écriture. « Tu vas t'arrêter un peu d'écrire, j'espère, m'a dit l'autre jour au téléphone ma tante Nadège. Faudrait pas non plus que tu nous écrives la Bible. »

Ce matin, d'ailleurs, elles en ont remis une couche. C'était leur grand coup de fil hebdomadaire. Mes tantes étaient encore en train de négocier pour leur 4 × 4, elles parlaient de prendre l'option marchepieds pour que ma grand-mère puisse monter dedans plus facilement, ce que ma grand-mère a mal pris. Quand elles m'ont vu passer devant l'écran elles m'ont lancé : « Ah ! te voilà ! On voulait te dire quelque chose ! » Ma tante Audrey a pris la parole pour m'annoncer qu'elles avaient beaucoup réfléchi et qu'elles trouvaient que ce que je devrais faire, c'est du bénévolat pour le Secours catholique. « Ça te ferait du bien de te sentir un peu utile ! »

Comme vous voyez il va falloir que je tienne le coup. Sans compter Mme Gibou et Ursula... Sans compter moi-même, surtout. Parce qu'ici sur mon île déserte, ça allait encore. Je vivais à l'abri de la comparaison. Mais à Paris, au milieu du monde normal... Est-ce que je ne vais pas courir me réinscrire à Sciences Po ? Ou au Secours catholique ? L'autre jour je ne vous l'ai pas dit mais j'ai encore envoyé une candidature. C'était après avoir parlé à Eudes qui m'annonçait qu'il s'était trouvé un boulot de collaborateur au Sénat. Ça m'a fait craquer, je me suis dit *mais qu'est-ce que tu fous là à écrire, qu'est-ce que tu crois ?* J'ai cherché par Sciences Po et j'ai trouvé un truc, il s'agissait d'être administrateur des Travaux publics à Monaco. Ça m'a semblé parfait pour moi, j'allais pouvoir rédiger des comptes rendus inutiles, peut-être aussi connaître le prince assez intimement. Bien sûr je n'ai pas eu de réponse. Au moins, vu que je ne postule qu'à des trucs absurdes ça m'évite d'être pris. Mais bon, vous voyez, ça ne tient qu'à un fil. Je ne sais pas si je vais tenir. Ce qui me gêne ce n'est pas en soi de vous écrire, c'est de me sentir si complètement à côté de la plaque. De nouveau je vais devoir écouter les gens parler de leurs séries, par exemple... Ça me dépasse, cette histoire. Peu à peu je comprends que la planète entière regarde des séries. Moi je n'en ai jamais vu aucune, évidemment. Quand je dis ça aux gens ils me regardent comme un pauvre fou. Et le pire c'est qu'ils vont bientôt tous se mettre à avoir des gosses ! Eudes, par exemple. Les autres aussi. Ça va être un enfer. Il va falloir les regarder naître les uns après les autres. Pour moi ce sera quand, les gosses, on se demande... Parfois je me dis que j'aimerais bien au moins en avoir un, pour qu'il puisse s'occuper de moi si jamais je suis encore tout seul dans cinquante ans... Cela dit ma mère sera sûrement encore là.

Ces jours-ci je fais mes dernières balades dans Key West. Tard, à cause de la chaleur. Hier soir je suis passé devant les deux vieux perroquets qui mangeaient sur leur porche, je leur ai fait mes adieux. Ils m'ont annoncé tristement que le petit concert du coin de la rue était fini, que les musiciens étaient partis. J'ai répondu *oh, so sad,* mais je me suis dit que je connaissais quelqu'un qui allait être ravi. Les perroquets aussi vont partir, de toute manière. Tout le monde s'en va. C'est la fin de la saison. Les veuves remontent dans leurs maisons des Hamptons pour passer l'été. Elles ont loué un jet. « Tu comprends c'est beaucoup plus sûr. » Elles viennent dîner ce soir, d'ailleurs. On fait une dernière soirée crevettes. Ce matin on a déjà eu Tom Olson qui est venu nous dire au revoir. « Oh non mais c'est pas vrai », a chuchoté ma grand-mère quand elle l'a entendu toquer à la porte. Il était rayonnant, en tenue de golf. Il m'a chargé d'embrasser ma mère de sa part. Et puis quoi, je me suis dit. J'ai fait un sourire poli. Bon, par contre ma grand-mère ne s'active toujours pas. « César croit qu'on va avoir un avion mais il peut toujours rêver », je l'entends dire à ses copines au téléphone. Je ne sais pas ce que je dois faire, est-ce qu'il faut que je placarde nos billets sur les murs. Elle continue à passer des heures dans la piscine comme si de rien n'était. D'ailleurs, cet après-midi, à un moment je l'ai entendue s'exclamer « non mais vous plaisantez ou quoi ! ». Ça m'a intrigué parce que normalement il n'y a qu'un seul truc bleu qui balade le produit. Je me suis demandé si elle voyait double. Mais j'ai vite compris, elle parlait aux feuilles de l'acajou. Il y en avait qui étaient tombées à côté d'elle.

Écoutez, cette fois, je vous laisse. Il me reste encore plein de choses à vous dire. Simplement là je n'arrive plus à me concentrer, entre ma valise, ma grand-mère qui refuse de se préparer... Sans parler des battements de mon cœur. En ce moment ils me terrifient, je les écoute tout le temps. Ils m'ont empêché de dormir hier soir. Je me demande par quel miracle chaque battement n'est pas le dernier et comment il est possible que mon cœur ne s'arrête pas. Je ne sais pas, c'est la conscience d'être vivant qui me fait peur. Par moments ça me terrorise tellement d'entendre mon cœur que je me dis *oh si seulement il pouvait un peu s'arrêter de battre, celui-là...* Bon, allez.

Composition : PCA.
Achevé d'imprimer
sur Roto-Page
par l'Imprimerie Floch
à Mayenne, en avril 2022.
Dépôt légal : avril 2022.
1er dépôt légal : mars 2022.
Numéro d'imprimeur : 100388.

ISBN 978-2-07-296855-6 / Imprimé en France.

547427